SIMONETTA GREGGIO

Weil mein Herz dich nie vergisst

Buch

Seit siebzehn Tagen ist Nunzio verschwunden. Er hat alles hinter sich zurückgelassen – seine Geschäfte, sein florierendes Architektenbüro, seine Kunden, seinen Liebhaber und Blue, seine beste Freundin. Blue kann sich nicht erklären, wie Nunzio von heute auf morgen ohne Vorwarnung verschwinden konnte. Nachdem sie verzweifelt an alle Türen geklopft hat, überwindet sie ihre Angst und macht sich auf den Weg nach Col de L'Ange, ihrem Heimatdorf, das Nunzio und sie vor dreißig Jahren verlassen haben. Seit damals haben sich beide sehr verändert und sind berühmt geworden – er ist ein angesagter Architekt und sie ein gefragtes Fotomodel.

Einmal im Haus ihrer Kindheit überkommen Blue die Erinnerungen an die Vergangenheit, die sie vergessen zu haben glaubte. Aus dem unscheinbaren Mädchen von damals ist eine wunderschöne Frau geworden, doch der Weg dahin war schmerzhaft – ihre Kindheit wurde zerstört und ihr Herz mehrfach gebrochen. Ob tot oder lebendig, Blue weiß, dass Nunzio in Col de l'Ange auf sie wartet. Was sie allerdings nicht ahnt, ist, dass ihr eine Falle gestellt wurde. Jemand anders wartet auf sie, jemand, der nicht will, dass sie jemals wieder geht …

Autorin

Simonetta Greggio, 1961 in Padua geboren, lebt seit mehr als zwanzig Jahren in Frankreich. Als Journalistin und Autorin hat sie u. a. für die Kultzeitschrift City gearbeitet sowie diverse Reportagen, Porträts, Gastrokritiken und Reiseführer verfasst.

Von Simonetta Greggio bei Blanvalet lieferbar:

Die Sterne der Provence (37172)
Der Zauber gestohlener Stunden (37467)

Simonetta Greggio

Weil mein Herz dich nie vergisst

Roman

Aus dem Französischen
von Michaela Meßner

blanvalet

Die französische Originalausgabe erschien 2007
unter dem Titel »Col de l'Ange« bei Editions Stock, Paris.

FSC
www.fsc.org
MIX
Papier aus verantwortungsvollen Quellen
FSC® C014496

Verlagsgruppe Random House FSC-DEU-0100
Das FSC-zertifizierte Papier *Holmen Book Cream* für dieses Buch
liefert Holmen Paper, Hallstavik, Schweden.

1. Auflage
Deutsche Erstveröffentlichung Februar 2011 bei Blanvalet,
einem Unternehmen der Verlagsgruppe Random House GmbH, München.

Umschlaggestaltung: HildenDesign, München
Redaktion: Ingola Lammers
ED · Herstellung: sam
Satz: Uhl + Massopust, Aalen
Druck und Einband: GGP Media GmbH, Pößneck
Printed in Germany
ISBN: 978-3-442-37635-3

www.blanvalet.de

»Ich glaube, ich schreibe Geschichten für andere. Anstelle von anderen, die tot sind oder stumm.«
»Aber Sie wissen es nicht. Sie schreiben, als ob Sie das wüssten, dabei wissen Sie es nicht.«

The tattooed Girl, Joyce Carol Oates

»I forget to pray for the angels
And then the angels forget to pray for us.«

So long, Marianne, Leonard Cohen

Meiner Mutter
Meinem Vater

»Das Auge, durch das ich Gott sehe,
ist dasselbe Auge, durch das er mich sieht.«

Angelus Silesius

Wie viele Personen verschwinden täglich weltweit, lösen sich in nichts auf, als hätten sie ihr Leben nur auf Widerruf gelebt?

Männer, die sich beim Take-away ein chinesisches Abendessen holen und nie wieder auftauchen, Frauen, die nur schnell zum Friseur wollten und deren Auto dann mit steckendem Zündschlüssel irgendwo gefunden wird. Auch alte Leute, die vielleicht zu lange von einer Brücke in den Fluss gestarrt haben, Kinder mit Rollerskates, deren Eltern sie auf einem Fest nur für einen einzigen Moment aus den Augen verlieren … Von diesen Zehntausenden von Menschen, die in Frankreich verschwinden, tauchen die meisten ein paar Tage, ein paar Monate, manchmal ein paar Jahre später wieder auf. Viele sind gestorben, wer mehr Glück hatte, leidet an Gedächtnisverlust oder an einem Trauma; von etwa eintausend erfährt man nie wieder etwas. Als ob das Anderswo sie einfach verschluckt hätte. Man kann nicht trauern, es gibt keinen Übergangsritus, keine Beerdigung im Kreise der am Boden zerstörten Verwandten und Freunde. Sie hinterlassen tiefe Zweifel, eine Mischung aus Schmerz, Fassungslosigkeit, Ratlosigkeit und Verwirrung. Was ist mit ihnen geschehen, wo sind sie hin? Werden sie uns eines Tages mit einer Mütze oder einem neuen Haarschnitt über den Weg laufen, und wir erkennen sie nicht wieder?

Das Verschwinden eines sechsundvierzigjährigen Architekten ist kein besonderes Ereignis, selbst wenn er in seinen Kreisen recht bekannt war. Vor allem dann nicht, wenn dieser Mensch für seine Wutanfälle berüchtigt war, für seine Liebesgeschichten, für seine ganze Lebensart, die man einst mit dem wundervoll altmodischen Ausdruck ausschweifend umschrieb. Ist er tot, oder gibt es ihn noch irgendwo und man kann ihn nur nicht sehen?

Ich bin tot, seit siebzehn Tagen und ebenso vielen Nächten, darunter eine Vollmondnacht.

Es erwischte mich aus heiterem Himmel, ich war einen Moment lang wie erstarrt, dann war es vorbei. Geblieben ist mir nichts, nur blank liegende Nerven und die Gier eines nachlassenden Atems. Ich bin nichts als ein lichter Schatten, ein kleiner dunkler Hauch. Ein wütendes Fauchen, eine Enttäuschung.

Ich bin wütend, weil ich so schnell und so früh gestorben bin, wo ich doch noch so vieles vorhatte. Dass mein Leben ohne jedes Alarmzeichen – ohne ein Vorzeichen oder wenigstens einen Traum – einfach so zu Ende ging, macht mich vollkommen ratlos. Kein Seraphim, kein Dämon ist seither erschienen, den ich dafür verantwortlich machen könnte. Ich sah nicht einmal den Tunnel, an dessen Ende mein alter Hund an seiner Leine stehen würde, geführt von einem lächelnden Engel; es erschallten auch keine geflügelten Fanfaren oder himmlische Posaunenklänge.

Das Bekannte ist für mich der Maßstab des Glücks: Sollte man mich fragen, wie ich mir in meinen Träumen das Paradies vorstelle, würde ich antworten: »Wieder in die Crete in der Toskana zurückkehren, für immer an dem Ort leben, der für mich der Garten Eden war. Jeden Morgen mit der roten Sonne am Horizont aufstehen, mich jeden Abend im Duft des warmen Heus schlafen legen, in den Armen des Menschen, den ich bis in alle Ewigkeit lieben werde.«

Aber so scheint es nicht zu sein. Außerdem säße ich dann wirklich in der Klemme. Ich habe alle meine Liebhaber geliebt.

Ich hatte mir meine Welt aus allem Möglichen zusammengebastelt, sie frei erfunden, je nachdem, in welcher Entwicklungsphase ich gerade steckte. Die Welt war mein Tummelplatz, ich verschlang jeden Tag voller Energie, und jeden Morgen kehrte der Hunger zurück. Jetzt schwebe ich über dem, was einst mein Leben gewesen ist. Und doch kommt es mir vor, als bräuchte ich nur wieder auf mein Zimmer zu gehen und mich ins Bett zu legen. Ich würde tief schlafen und am nächsten Morgen bei Sonnenaufgang in meinen »Blaumann« schlüpfen – eine Hose und ein vom vielen Waschen und Herumreisen ausgeblichenes Hemd. Mit einer Tasse Tee würde ich an mein Zeichenpult treten, meine Zeichnungen mit dem kritischen und unverfälschten Blick betrachten, den ich morgens immer habe. Alles wäre wie immer, ich würde erst heiß und dann eiskalt duschen, meine Gedanken würden allmählich klarer, wie der sich lichtende Nebel über dem Garten vor dem geöffneten Fenster. Vielleicht würde sich Ami noch im Bett räkeln, vielleicht würde ich die Gelegenheit nutzen und ihm einen etwas säuerlichen Kuss stehlen, den ersten des Tages …

Und jetzt wird aus alledem nichts mehr, auf meinem Arbeitstisch werden sich unvollendete Projekte stapeln, Ami, mein geliebter Ami, wird sich bereits einen Tröster gesucht haben, meine Kleider bleiben ungetragen, mein Bett kalt und meine Dusche trocken, und das Fenster zum Garten bleibt geschlossen … Jetzt ist mein Leben vorbei, und all das existiert nicht mehr, da es nur durch mich, nur für mich existierte … Nichts regt sich unter diesem dunklen Gewölbe, kein Schwert fährt herab, um mich zu treffen, keine Hand legt sich auf meine Stirn.

Und du, Blue, die ohne mich nicht einmal eine Sardinenbüchse öffnen kann, die sich immer nur an meiner Schulter ausgeweint hat, die stets nur mit mir gemeinsam lachte … Ausgerechnet du, mein Schatz, mein Double, meine Unzertrennliche, du bleibst allein …! Mein stummer Protestschrei schallt hinauf in einen tauben Himmel.

Zunächst dachtest du, ich sei einfach so abgehauen. Das kam schon mal vor, eine plötzliche Liebelei, eine turbulente Leidenschaft, die mich ein paar Tage, eine Woche lang alles andere vergessen ließ. Ein Stück Meer und ein paar Kokospalmen im Panoramafenster eines unpersönlichen Luxuszimmers, und eine laue Brise, die die erschöpften Leiber trocknet. Aber irgendwie erfuhrst du immer, was es Neues bei mir gab. Aber nicht dieses Mal;

außerdem gefiel mir Ami, und du kennst mich gut genug, um zu wissen, dass ich in der Liebe treu sein kann, zumindest in der ersten Zeit.

In der Woche nach meinem Verschwinden sollte ich mit Alan, meiner rechten Hand, nach Japan reisen; die Reise war seit Langem geplant. Dieses Projekt, das mir so am Herzen lag, dieser seltsame Garten, den ich so angelegt hatte, dass man ihn vom Flugzeug aus sehen könnte, war ins Wasser gefallen. Alan hatte sich die Haare gerauft, ihr seid zusammen zur Polizei gegangen, zu spät – oder zu früh –, ich ruhte bereits anderswo, das heißt, *ruhen* ist hier mit Sicherheit nicht das rechte Wort, ich *trieb,* bringt meine Lage gewiss besser zum Ausdruck. Danach geschah nichts mehr. Alan wurde schon bald von einer Konkurrenzfirma abgeworben und die Agentur geschlossen. Vorübergehend, habt ihr gesagt, um euch zu trösten, aber mit drei Praktikanten konnte das ja auch wirklich nicht funktionieren.

Ami heulte, bis seine Augen ganz geschwollen waren. Er blieb tagelang im Bett liegen und starrte die Decke an. Dann ging er eines Abends aus, lachte sich einen ziemlich hübschen Burschen an und soff sich total zu. Ich wollte gar nicht wissen, ob er ihn mit nach Hause genommen hat.

Eigentlich vermisse ich vor allem die Freuden der Fleischeslust. Ich bin eher ein stiller Genießer als ein wilder Draufgänger gewesen, eher zärtlich als hemmungslos.

Die Sinnlichkeit und Sanftheit meiner Liebhaber fehlen mir mehr als alles andere. Die Leichtigkeit des lustigen und flatterhaften Jason, Dieters Ernst, seine asketische und oft etwas düstere Art, Tierneys Schönheit, anmutig wie eine Puppe, Hadids Wortkargheit, schwermütig, voller Leidenschaft, Pier Anders' Unverbrauchtheit, der ein wenig zu jung für mich war, und mein Ami, mein schöner, lockenköpfiger Ephebe, viel zu jung auch er. Wir haben immer zusammengelebt, meine vorübergehenden Gefährten, du und ich. Eine junge Frau, nicht gerade schüchtern, ein eitler Dandy, schwer einzuordnen, und dieser Aufmarsch attraktiver Männer, die nach Belieben bei uns ein und aus gingen … Unser Lebensstil dürfte bei den Spießern Anstoß erregt haben. Aber heutzutage trägt die Toleranz den Namen Gleichgültigkeit, Spießer gibt es keine mehr, die Anonymität ist unsere Rettung und unser Untergang, man wird eins mit dem Treibsand der Masse, nichts schockiert oder überrascht einen noch. Du kennst das alles, Blue. Wir haben uns für ein cooles und sorgloses Leben entschieden, haben es uns darin bequem gemacht, uns genussvoll darin treiben lassen. Für mich kam der Bruch plötzlich und unerwartet. Dir dagegen fiel die Welt in Zeitlupe auf den Kopf.

Am Tag nach meinem Verschwinden hast du mir eine witzige und ironische Nachricht auf dem Handy hinterlassen. Am Abend hast du noch einmal draufgesprochen, diesmal nicht mehr ganz so ironisch, eher etwas angesäuert, und mir mitgeteilt, ich hätte doch wenigstens meine Zahnbürste mitnehmen können. In der Nacht hast du mehrmals versucht, mich anzurufen und jedes Mal nach dem vierten Klingeln wieder aufgelegt. Du wolltest meine Stimme auf der Mailbox nicht mehr hören.

Am dritten Tag hast du dir dann langsam Sorgen gemacht. Am fünften Tag, als du gerade voller Wut und Angst meinen Schrank durchwühltest, das Handy fest ans Ohr geklemmt, hörtest du mein Handy in der Tasche einer meiner Hosen klingeln. Da setzte sich eine riesige Krake auf deine Brust und drückte dir das Herz ab. Als du wieder nach Luft schnappen konntest, schmerzte es, als hättest du Wasser eingeatmet, als wärst du fast ertrunken und würdest jetzt hustend und würgend wieder ins Leben zurückkehren. Dann hast du meine Mailbox abgehört, deine eigene Stimme gehört und die von ein paar gemeinsamen Freunden. Auch die Nachrichten von Alan und Ami waren drauf, sie klangen zunehmend hysterisch. Schließlich gab der Akku seinen Geist auf.

Zurück zum Ausgangspunkt. Nicht nur, dass ich – allem Anschein nach – nichts auf meine Reise mitgenommen hatte, noch dazu hatte ich mein Handy liegen gelassen. Ich hatte zwar oft gegen diese neue Knechtschaft gewettert, von der sich alle noch schneller hatten unterjochen lassen als von jeder anderen Hörigkeit, aber du wusstest ganz genau, dass ich nirgendwo ohne mein Handy hinging. Ich hatte zu viel Achtung vor meinen Mitarbeitern, und vor meinen Kunden auch.

Ami kam bei dir vorbei, aber du konntest ihm nicht helfen in seiner Not; er dachte, ich hätte dir von unserem letzten Streit erzählt. Er nahm an, dass du mich deckst. Er glaubte, ich hätte ihn verlassen – auf eine etwas feige Art, aber was soll's ... Er löcherte dich mit Fragen, da hast du die Nerven verloren. Bist in Tränen ausgebrochen und ins Bad geflüchtet. Als du wieder rauskamst, etwas gefasster, hast du ihm von deinen Befürchtungen erzählt. Du konntest kaum sprechen, so entsetzt warst du. Du hast ihm bloß Angst eingejagt. Er konnte dir nicht helfen. Ami wohnt noch bei seinen Eltern, er beendet gerade sein Studium und hat kein Geld, wenn man einmal von den hübschen Sümmchen absieht, die ich ihm heimlich zustecke. Ihm zusteckte, wollte ich sagen. Ich kenne ihn gut, meinen Ami, ein netter Junge, aber ein bisschen naiv. Bisher hat er dich immer als Rivalin empfunden; wenn man jemanden liebt, gibt es seiner Meinung nach nicht mehr so viel Platz für die Liebe zu einem anderen. Er ist nicht großherzig und auch nicht klug genug, um zu wissen, dass man umso mehr lieben kann, je mehr man liebt, und dass sich dann das Herz umso weiter öffnet für all das, was die Liebe an verschiedenen Spielarten kennt. Ami ist eine kleine Nutte, das ist unbestritten, aber eine mit Charme. Seiner Ansicht nach sollte man den Menschen, der einen unterhält, auch lieben. Er ist jung und schön, und das war in meinen Augen mehr als genug. Ich habe mir nie Illusionen über ihn gemacht.

Im Laufe meines langen Liebeslebens haben andere

Partner mich weitaus mehr leiden lassen. Dieter zum Beispiel hat mich betrogen, mich an der Nase herumgeführt, mich verlassen, um dann wieder zurückzukommen, mich wieder zu verlassen und wieder zu mir zurückzukommen. Es ging mir so schlecht damals, dass du dich einmischen musstest, Blue. Du hast ihm heimlich eine große Geldsumme geboten, damit er sich ein für alle Mal aus dem Staub macht. Vielleicht hast du dir ja eingebildet, ich hätte das nicht mitbekommen … Danke, meine Liebe, für deine Mühe. Leider kam Dieter, sobald er das Geld verprasst hatte, wieder zu mir zurück. Zum Glück hatte ich mit dieser Geschichte bereits abgeschlossen. Nur war er leider so krank, dass es mir schier das Herz zerriss. Ich habe ihm noch einmal Geld gegeben und dann nie wieder etwas von ihm gehört.

Tierney war auch so ein Luder. Früher war ich einmal sehr verliebt in ihn. Als ich einmal von einer Reise zurückkam, fand ich ihn mit einem anderen im Bett. Statt dass es ihm peinlich gewesen wäre oder er es mit der Angst zu tun bekommen hätte, stand er nur auf, splitternackt wie er war, pflanzte sich wenige Zentimeter vor mir auf, so nah, dass ich den Geruch nach Sex auf seiner Haut riechen und den blonden Flaum in seinem Nacken sehen konnte. Er verschränkte die Arme und bot mir stumm die Stirn. Ich hatte die Wahl, mit den beiden ins Bett zu steigen, mit ihm und seinem Lover, oder die Tür hinter ihnen zu schließen. Ich entschied mich für Ersteres. Keine Lust hat je wieder so bitter geschmeckt.

Anschließend setzte ich ihn vor die Tür wie einen Aussätzigen, heulte mir aber tagelang die Augen aus dem Kopf. In der Liebe hatte ich nah am Wasser gebaut. Wenn man schon lieben muss, dann sollte man alles geben. Immerhin blieb mir die Erfahrung des Alterns erspart. Wenn man bedenkt, wie leicht ich mein Herz verschenke, da hätte ich es schwer gehabt. Mit zunehmendem Alter wären meine Bettgenossen wahrscheinlich immer jünger geworden. Ich habe immer schon draufzahlen müssen, entweder emotional oder mit meinem Geld, aber, das sagte ich schon, und ich wiederhole es noch einmal, ich sehne mich sehr nach all dem zurück. Der Körperkontakt fehlt mir; der Sex, das Blut, selbst die Brutalität. Das Leben eben.

Ami hat sich an deiner Schulter ausgeheult. Dann ist er gegangen. Er rief dich mehrmals täglich an, dann einmal täglich, und in letzter Zeit nur noch jeden zweiten Tag. Er war schon weit weg. War schon wieder abgelenkt.

Du dagegen hast gewartet, hast dir die Nägel abgekaut, dir höllische Sorgen gemacht, aber keine weitere Nachricht erhalten.

Vierzehn Tage lang ging das so. Du bist durchs Haus getigert, von deinem Zimmer in meines, von der Küche in mein Arbeitszimmer, hast in den Papieren herumgewühlt, dir alte Fotos angesehen, meine Post gelesen, immer auf der Suche nach einem Hinweis. Du hast weder meinen Pass noch meine Kreditkarte gefunden. Alle klassischen Möglichkeiten hast du durchgespielt. Überlegt, ob ich vielleicht das Gedächtnis verloren hatte oder einem Unfall zum Opfer gefallen sein könnte. Hast in allen Krankenhäusern und Kliniken angerufen.

An einen Selbstmord hast du anfangs nicht gedacht. Diese Möglichkeit hattest du von Vornherein ausgeschlossen. Das war undenkbar, ich liebte das Leben, und das Leben liebte mich. Wenn es jemanden gab, der zum Glück geboren war, dann war ich das. Ein Kummer war bei mir immer im Nu wieder verflogen. Meine Probleme waren nur kleine Stolpersteinchen. Ich achtete auf meinen Körper, als könnte er aberhundert Jahre alt werden, und er dankte mir die Pflege, die ich ihm angedeihen ließ. Aber dann schlich sich der Zweifel in deine Gedanken, beißend, beharrlich, heimtückisch.

Auf deiner ergebnislosen Wanderschaft, fünfzig Schritte von deinem Zimmer bis zu meinem, hundertdreiundzwanzig – davon 30 Treppenstufen – von der Küche zum Arbeitszimmer, blieb ich dir dicht auf den Fersen. Man nennt das Umherirren wie eine unerlöste Seele.

Unser schönes Haus, Blue. Die bühnenartige Weite des Ateliers, das wir mit so viel Freude eingerichtet hatten, und das anfangs so herrlich leer war und am Ende nur noch heillos mit Krempel vollgestopft. Wir kauften damals alles an Möbeln, was in den Architekturzeitschriften angepriesen wurde, riesige Sofas, wie Überseedampfer, maßgefertigte italienische Küchen, völlig abgedrehte Badewannen. Wir hatten japanische Innenhöfe mit Bonsais, die ihre knorrigen Äste hinter großen Glasfronten reckten, Bambussträucher und Orchideen; Bildschirme platt wie Hostien, Home Cinema, erst die größten Hi-Fi-Anlagen, dann die kleinsten. Wir behängten unsere makellos weißen Wände mit riesigen Fotos, Bildern aus allen Erdteilen, einfach nur, weil sie uns gefielen, und hatten so viele Bücher, dass es keine freie Fläche mehr gab.

Über deine Schulter hinweg betrachtete ich mir die Reproduktion des *Narziss'* von Caravaggio. Du trugst eine Brille, die ich noch nie an dir gesehen hatte. Du hattest mir verheimlicht, dass du eine brauchst. Sie steht dir gut. Damit siehst du fast schon intelligent aus, meine Liebe. Du hättest dich darüber aufgeregt, weil ich mich über dich lustig mache, ich weiß, aber jetzt kannst du nicht mehr mit mir schmollen. Du hattest schon immer Minderwertigkeitskomplexe. Zu Unrecht.

Dieses düstere und zugleich gleißende Bild, eines der verwirrendsten Bilder von Caravaggio, hat mir immer schon gefallen. Ich hätte es mir gerne noch etwas länger angeschaut, aber du musstest ja umblättern. Ich folgte deiner Hand mit meiner, du hattest dir die Haare im Nacken zusammengedreht, eine Geste, die mir so vertraut ist. Eine Strähne ist deinem Knoten entwischt, aber ich konnte es nicht korrigieren. Ich sog den Duft deines Kaffees ein, konnte aber nicht davon trinken. Als du weinen musstest, streichelte ich dein Gesicht, doch die Tränen liefen dir weiter über die Wangen.

Später, als du schliefst, wachte ich über dich, die Nase in deinem Nacken vergraben, aber es war dir kein Trost.

Ich ging mit dir zusammen die Zeitungen durch, auf der Suche nach jeder noch so kleinen Meldung. Die ganze Zeit über war ich ohnmächtig, verrückt vor Wut und Kummer. Noch nie war ich dir so nah. Noch nie so fern.

So verging eine Woche, dann zwei. Tag um Tag schwand deine Hoffnung. Der Schmerz setzte dir sehr zu, nahm auf schleichende Weise deine Tage und Nächte immer mehr in Beschlag.

Es blieb dir nichts anderes übrig, als mich dort zu suchen, wo du nie wieder hinwolltest, wie du dir einst geschworen hattest. Dorthin, wo man dir eine Falle gestellt hatte, in dem Wissen, dass du schon sehr bald unweigerlich hineintappen würdest. Du hast dich in den Hinterhalt begeben. Du hast ein Taxi gerufen und bist zum Flughafen gefahren, dort hast du für dich und unseren Hund Youza ein Flugticket gekauft. Du bist Männern in Uniform dabei behilflich gewesen, sie in einen großen Käfig zu verfrachten, während sie dich vorwurfsvoll anstarrte. Du hattest Angst, sie könnte die Männer beißen, aber sie hat ihnen nur die Hände geleckt, da hast du dich abgewandt, um nicht wieder in Tränen auszubrechen. Du wolltest nicht in deinem Entschluss ins Wanken geraten, nicht den Rückzug antreten, nicht beschließen, dass es besser wäre, dich in dieser vagen Hoffnung zu wiegen, statt dir Gewissheit zu verschaffen. Mit hängendem Kopf hast du Zeitungen gekauft, die dann doch ungelesen blieben, hast in einer düsteren Bar gesessen und auf den Abflug gewartet, ein Croissant in heiße Schokolade getunkt. Das machst du nur auf Flughäfen. Normalerweise magst du weder Croissants noch Schokolade. Sie hat dich beruhigt, diese Geste aus Kindertagen. Eine alte Furcht besänftigt, die Angst vorm Fliegen, eine Urangst, die im Laufe der Jahre nur schlimmer geworden ist.

Eine groß gewachsene, schwarz gekleidete junge Frau, bleich und wehrlos, mit verkniffenem Mund und zusammengebissenen Zähnen, denn gehen lassen wolltest du dich auf keinen Fall – so bist du zitternd in das gleißende Zinkweiß eingestiegen, eingepfercht zwischen all den anderen Passagieren. Eine große Sonnenbrille auf der Nase, eine Foto- und eine Umhängetasche über der Schulter. Du hattest nicht mal einen Koffer dabei.

Du hast den grauen und fast schon milden Winter in der Stadt hinter dir gelassen und bist in die unerbittliche Welt des Schnees zurückgekehrt, in der du einst Prinzessin und Gefangene gewesen bist. Dann hast du ein Auto gemietet und bist fünf Stunden gefahren. Zwischendurch hast du angehalten, um Schneeketten auf die Reifen zu montieren; mit vor Kälte klammen Fingern hast du die Heizung voll aufgedreht. Dann fuhrst du über die Serpentinenstraßen weiter, mit deren Tücken und Gefahren wir uns früher bestens auskannten. Youza sah mit heraushängender Zunge aus dem Fenster; hin und wieder bettelte sie darum, gekrault zu werden, aber deine Hände blieben fest am Lenkrad. So seid ihr, eine wie die andere verwirrt, nervös und verängstigt, in Col de l'Ange eingetrudelt. Bei uns zu Hause, Blue.

In dem Café, das als Krämerladen, Supermarkt, Schreibwarenhandlung und Tabakladen dient, hast du Milch und Kekse eingekauft. Alle haben dich wiedererkannt. Man hat dich gegrüßt und geflissentlich übersehen. Niemand hat das Wort an dich gerichtet, niemand etwas gefragt. Als wärest du nie fortgegangen.

Du hast dir ziemlich weit vom Haus entfernt einen Parkplatz gesucht, du wusstest noch genau, dass das letzte Wegstück meist vereist ist und man dort schnell ins Rutschen kommt. Etwas Dampf stieg aus dem Auto, der Motor gab knackende Geräusche von sich, und du bist lange reglos sitzen geblieben und hast dir das alte Anwesen angesehen, in dem du mit deinen Eltern gewohnt hast. Nichts hatte sich verändert. Die Mauern schienen noch tiefer in der Erde zu versinken, das war alles, was dir auffiel. Als du die Tür aufmachtest, schlug die Kälte dir so grausam entgegen, dass es dir den Atem verschlug. Youza sprang auf den Boden und steckte ihre Schnauze überallhin, dann kam sie zurück, um dich neugierig zu beschnuppern, während du unter einem großen Stein bei der Eingangstür nach dem Schlüssel suchtest.

Auf der Türschwelle packte dich ein Schwindel. Du hast die Augen zugemacht, hast die tote Luft eingeatmet, die Luft eines Ortes, an dem schon lange niemand mehr atmet. Du hast deine Tasche und die Pelzstiefel im Flur stehen lassen, als wärst du dir noch nicht ganz sicher, ob du auch wirklich bleiben möchtest. Es gab noch Strom. Offenbar hatte jemand die Rechnungen weiterbezahlt. Das konnte nur einer getan haben.

Du hast einen Rundgang durch alle Zimmer gemacht und alle Lichter eingeschaltet, das Haus erstrahlte hell. Draußen ging der kurze Wintertag zu Ende. Du hast Kleinholz in den Kamin geschichtet, das Feuer entzündete sich schnell, du legtest noch einen Scheit nach. Müde sahst du dem Feuer beim Brennen zu.

In deinem Zimmer hast du den Schrank aufgemacht und mit den Zähnen geknirscht. Die Gerüche deiner Kindheit stiegen dir in die Nase und weckten eine Menge Erinnerungen. Der Naphtalingeruch der eingemotteten Pullis, raue Wolle, Handschuhe und Baskenmützen, der rote Mantel, den du so gern hattest. In einem ärmellosen dicken Anorak, den du vorher noch nie gesehen hattest, gingst du wieder nach unten.

Im Flur bist du stehen geblieben, hast auf etwas gelauscht und eine ganze Weile den Atem angehalten. Nichts, nicht einmal das übliche Knacken des Holzes. Und doch hat dich jemand beobachtet, Blue. Er war bei deiner Ankunft schon da gewesen, wachsam und still. Youza hatte es gespürt, sie hatte mehrmals gebellt, geknurrt und die Zähne gefletscht. Du hattest sie mit ein paar netten Worten beruhigt. Nachdem sie den Kopf angehoben und geräuschvoll geschnuppert hatte, hatte sie noch einmal gebellt, diesmal schon nicht mehr so überzeugt. Du hörtest immer noch nichts, nur das leise, aufgeregte Fiepen von Youza und das laute Klopfen deines Herzens. Ich war so nah bei dir, dass ich dein Blut über den Resonanzkörper deines Leibes in mir wummern spürte. So nah bei dem, der draußen geblieben war, dass ich seinen Schweiß riechen konnte wie den eines Tieres, das im Schnee in der Schlinge gefangen saß.

Über deinen Spuren vom Nachmittag hat sich bereits eine zarte Eisschicht gebildet. Hechelnd strebt Youza in diese Welt in Schwarzweiß. Du lässt ihre Leine los, sie saust davon, wird eins mit dem Schatten. Du bist geblendet vom hellen Glanz des Himmels. Die Tür fällt hinter dir ins Schloss, du machst dir nicht die Mühe, sie zuzusperren. Deine Schritte knirschen im Schnee. Vor deinem Atem sieht man den der Hündin aufsteigen, eine warme Wolke, Zuckerwatte, die in der Luft schwebt, bevor sie verschwindet. Youza läuft voraus, dann macht sie wieder kehrt. Am Rande des Gemüsegartens haben sich Schneewehen gebildet, die ausgewachsenen Kohlköpfe sind violett, die langen Blätter mit glänzenden Kristallen überzuckert. Das Nachbargehöft rechter Hand wirkt düster. Selbst das Lichtlein, das vor einer verwitterten Herz-Jesu-Statue flackert, ist heute Nacht erloschen.

In Col de l'Ange leben die Menschen wie in alten Zeiten.

Die Luft ist trocken und klar, du atmest den Geruch der Kühe im Stall ein. Sie muhen wie im Schlaf stöhnende Kinder. Youza ist völlig aus dem Häuschen, stupst dich mit der Nase an, dann trottet sie weiter, während du einen Augenblick stehen bleibst, um dich umzuschauen. Der Himmel ist übersät mit glitzernden Sternen. Ich hatte, ganz wie du, vergessen, wie riesig sie in den Bergen erscheinen können. Du zögerst noch, welche Richtung du einschlagen sollst, dann biegst du nach links auf den schmaler werdenden Weg ab. Man riecht die großen Pinien hinter der Hecke. Das ist der Hof des Gehöfts der kleinen Marie, in dem wir als Kinder gespielt haben.

Es ist schon so lange her, dass Marie starb. Fast vierzig Jahre. Es geschah in dem Sommer, in dem wir in der Ferienkolonie waren. Du hast diese Zeit gehasst und unablässig die Tage bis zur Heimfahrt gezählt. Du wolltest deine Zöpfe nicht aufmachen, weil deine Mutter dich so frisiert hatte, bevor du in den Reisebus eingestiegen bist. Dich zu kämmen, hätte bedeutet, ihre Spuren zu verwischen. Das war das einzige Mittel, das dir einfiel, um dem Schicksal zu trotzen, gegen die Verlassenheit anzukämpfen, die Angst zu bannen.

Gleich am Nachmittag unserer Rückkehr nahm deine Mutter uns bei der Hand, ein Kind an jeder Seite, damit wir unserer Freundin Lebewohl sagen konnten. Sie war am Vortag gestorben. Den Grund haben wir nie erfahren. Man hat es uns nicht gesagt. Ihr kleiner Körper lag auf einem weißen bestickten Laken, das den Küchentisch bedeckte, diesen langen Holztisch, an dem wir so oft zusammen am Nachmittag gegessen haben. In allen vier Ecken brannten Kerzen. Marie trug ein neues Kleid, eine Art Schürze in Vichy rosé, die Haare waren in zwei Zöpfe gescheitelt, die mit Bändern aus dem gleichen Stoff zugebunden waren. Jemand hatte ihr, warum weiß ich nicht mehr, ein hauchzartes Taschentuch übers Gesicht gebreitet. Es wirkte wie eine winzige, seltsame Ausbuchtung über der Nase. Dieses reglose Taschentuch, das von keinem Atem gehoben wurde, hatte uns Angst gemacht.

Wir waren so durcheinander, dass wir nicht einmal das Haus ihrer Eltern wiedererkannten, das uns doch eigentlich so vertraut war. Das Zimmer war voller Leute, und mittendrin lag die kleine Tote. Es war das erste Mal, dass wir einen Toten sahen.

Wir hätten sie lieber gar nicht gekannt, die kleine Marie. Man kann doch keine Tote zur Freundin haben. Wir weinten nicht, waren viel zu beeindruckt. Wir klammerten uns aneinander, hielten uns bei den Händen, so fest, dass unsere Finger blau anliefen.

Marie war Ende August gestorben. Ein paar Tage nach der Beerdigung wurden wir elf.

Youza hält jetzt mit dir Schritt. Ihr kommt ins Haus zurück. Alle Zimmer sind hell erleuchtet. Eure Schritte im Schnee hören sich an wie Klauenhiebe in Samt. Bevor du ins Haus kommst, stampfst du dir den Schnee von den Schuhen. Du hast das Gefühl, das schon tausendmal gemacht zu haben. Du schaust noch einmal zum sternendurchlöcherten Himmel hinauf. Du hattest vergessen, dass man sie so schön funkeln sieht, wie durch Tränen hindurch. Im Haus ist es genauso kalt wie draußen. Du legst Holz nach, die Asche glüht rot auf, sehr schnell flammt das Feuer wieder auf. Du ziehst deine Stiefel aus und greifst zu den dicken Socken, die deine Mutter dir gestrickt hatte, als du sechzehn warst. An diesem Abend musst du unablässig daran denken, wie schnell die Jahreszeiten wechseln. Dreißig Winter sind vergangen, und doch weiß ich, dass du keine Angst hast vor dem Vergehen der Zeit: Du besitzt die Selbstsicherheit der sehr schönen Frauen, die noch nicht das bedenkliche Alter erreicht haben. Was dir Angst macht, ist das Verschwinden und die Abwesenheit.

Von oben hört man keinen Laut, weder das Getrippel deiner Mutter, die wie eine Chinesin geschäftig hin und her läuft, noch das Schnarchen deines Vaters.

Youza schwänzelt um dich herum, in der Hoffnung, dass du vielleicht ein bisschen von deiner warmen Milch in ihren Napf schüttest. Du teilst mit ihr und gießt noch einen Schuss Marc in eure Schüsseln. Du hast ihn tief unten in einer Truhe im Salon gefunden. Genau aus dieser Truhe holte man ihn immer, wenn Gäste ins Haus kamen. Nichts hat sich verändert, aber das kannst nur noch du allein beurteilen. Du setzt dich im Schneidersitz vor den Kamin. Youza dreht sich mehrmals im Kreis, jagt ihrem eigenen Schwanz nach, dann lässt sie sich mit einem Seufzer fallen und legt die Schnauze zwischen die Pfoten. Du nickst ein, schreckst hoch, wenn die Glut in sich zusammenfällt, wenn die Asche einen Seufzer tut.

Draußen setzt sich ein gebeugter Schatten auf die Steinbank in dem Gemüsegarten, der verbrannt ist vom Winter, schwer vom Schnee, weiß, versengt vom Frost.

Du träumst von mir. Ein wirrer Traum, in dem ich mich über dich beuge. Ich küsse dich auf die Augen und die Wimpern, von denen dicke Tränen perlen. Träume sind grausam, in der Liebe wie im Hass, im Schrecken, in der Zärtlichkeit oder im Grauen. Beim Erwachen fehle ich dir so sehr, dass du vor Wut und Trauer schluchzen musst, dein Schmerz ist so rein, dass er fast schon etwas Erlesenes hat. Du bist so müde, dass du sofort wieder einschläfst. Das passiert dir einige Mal: Du wachst auf und schläfst gleich wieder ein. Dein Kopf fällt runter, schreckt hoch, fällt wieder runter. Dein Geist irrt auf halbem Wege zwischen Denken und Träumen umher.

Dir tun Hals und Schultern weh, als du die Stufen zu deinem Zimmer hinaufsteigst. Über der Tür, die du aufstößt, hängt schief ein Schild: »Bitte anklopfen«. Damals hättest du besser schreiben sollen: »Treten Sie ein, und schlagen Sie zu«. Der Türgriff ist repariert worden, ebenso der Türstock. Eines fernen Abends hatte dein Vater sie mit einem Fußtritt zerschmettert. Du machst das Fenster nicht zu und ziehst dich so rasch wie möglich aus, knöpfst deine Levi's 501 auf, mit ungeschickten Fingern, steif von der ungewohnten Kälte.

Dass du der Jeans deiner Jugend treu geblieben bist, verrät dich fast mehr als die weißen Strähnen in deinem Haar. Erst vor Kurzem hat so eine kleine Schlampe zu dir gesagt: »An solchen Details erkennt man, wie alt jemand ist.« Wie wird dieses junge Mädchen wohl in zwanzig Jahren aussehen, mit ihrem Stringtanga, der aus ihrer Baggy-Hose herausguckt? Die Klamotten, die du normalerweise trägst, die schwarzen Levi's und der schwarze Pulli, sehen wenigstens ordentlich aus.

Weißt du was? Wir haben ein seltsames Leben geführt, meine Liebe. Jeder konnte dich sehen, auf dem Kopf stehend mit gespreizten Beinen. Die jungen Burschen und die Automechaniker hatten sich die Fotos von dir an die Wände gepinnt, du hattest Fetzen am Leib, in denen du nackter warst als nackt, und trotzdem Blue, bist du auch heute noch das verschwiegene, schamhafte Mädchen von früher. Ich hatte nie wirklich Zeit, mir die Ironie des Ganzen so recht vor Augen zu führen.

Schweigen umhüllt dich wie ein seidenes Tuch. Nicht einmal die vereisten Schneeklumpen fallen von den sich biegenden Tannenzweigen. Der Wald ist reglos. Du möchtest am liebsten die ganze Nacht lang diese saubere Luft einatmen, die dir, wie du erst jetzt auf einmal merkst, so gefehlt hat. Mir auch, wenn du wüsstest … Ich kann mich einfach nicht daran gewöhnen. Mein Körper fehlt mir immer noch. Das Rauschen des Blutes, diese Musik, die durch die Adern pfeift. Der langsame Trommelschlag. Der Durst, der Hunger, das Begehren. Die herrlichen Momente kurz vor dem Abtauchen in die tiefe Nacht.

Nach Schlaf lechzend lässt du dich unter die eiskalten Laken gleiten, aber deine Lider zittern. Du weißt, was das heißt, und ich auch. In all den Nächten bist du nach dem Einschlafen mit dem Gefühl aus dem Schlaf geschreckt, etwas vergessen zu haben. Als du wieder bei Bewusstsein warst, lähmte dich das Entsetzen, die Verlassenheit, die Angst. Du wolltest nicht wieder einschlafen, denn dann wäre das Vergessen wieder da gewesen, und mit dem Vergessen der Schmerz, ein neues Leid, das sich zu dem alten dazugesellt hätte, eine ganz frische Wunde auf einer kaum verheilten Narbe. Diese Tortur willst du nicht länger ertragen. Also bleibst du reglos liegen, dein Atem geht flach, und du liegst zusammengekauert in diesem zu kleinen Bett.

Von deinem Kinderbett bis zu der Bank, auf der der Mann sitzt, ist es nur ein Atemzug, ein Lidschlag, ein Herzschlag. Ich sehe ihn: In der einen Hand hält er eine Zigarette, in der anderen einen Flachmann, den er aus der Gesäßtasche seiner Hose gezaubert hat. Er hatte darauf gesessen, der Bourbon ist lauwarm. Die heiße Flamme strömt in seine Brust, bringt ihn zum Husten. Er erstickt das Geräusch mit dem Schal, den er um den Hals trägt. Du sollst es auf keinen Fall hören. Der Stein unter seinem Hintern ist gefroren. Es bringt ihn fast um, in der Kälte so reglos dazusitzen. Er liegt unter deinem Fenster auf der Lauer, wacht über seine Flamme, über die Frau, die er schon immer im Stillen »meine Blue« genannt hat.

Marian, Nine, Blue. Er umarmt das M, dann tastet seine Zunge auf den Zähnen nach den Rs, den Ns: Marian, Nine. Seine Stimme verhaucht zu Blue.

Als du klein warst, nannte man dich Nine, und dann bist du irgendwann für alle nur noch Blue gewesen: die Farbe des Himmels im Kopf der Leute, und der Blues, die Musik und die Melancholie. Du warst ein Füchslein, ein kleiner Springinsfeld. Mit einem Mal bist du erblüht. Du wurdest zur Frau, zur schönsten aller Frauen. Du hast dich vor seinen Augen verwandelt. Vorher konnte er dich abküssen, als wolle er deine Wange auffressen, ohne Hintergedanken zu haben. Später gab es nichts, wonach er sich mehr gesehnt hätte, als deine Knöchel mit zwei Fingern zu umfassen, deine Handgelenke mit einem Band von seinem Herzen, deine Taille mit einem Galgenstrick. Es gibt viele Lieder, Filme und Romane, in denen junge Mädchen sich Blue nennen; es gibt Katzen, Hunde, Papageien, Telefonnetzanbieter, Kabelsender und alle Arten von Objekten der Begierde. Aber für ihn bist du weder ein Film noch ein Roman oder ein Lied. Gleich den Mönchen und Weisen hat dieser Mann sich in seiner Besessenheit aufgegeben, seine Mission heiligt ihn. Für ihn, Blue, bist du die Geschichte seines Lebens.

Ich erkenne seine geduckte Haltung wieder, er liegt auf der Lauer. Wie ein Jagdhund. Ein dicker gutmütiger Hund, aber wild, wenn es darauf ankommt. Mit Verbitterung und einer gewissen Genugtuung murmelt er, dass am Ende doch alle heimkehren. Das Dorf klebt uns an den Fußsohlen. Er sagt sich, dass es nichts nützt, fortzugehen, man muss ja doch unweigerlich zurückkommen. In gewisser Weise hat er heute Abend tatsächlich recht behalten, das muss man zugeben.

Der Himmel ist schwarz. Ebenso schwarz wie dein Fenster, das er nicht aus den Augen lässt. Ebenso unzugänglich wie das Zimmer, in dem du atmest. Die Glut seiner Zigarette leuchtet. Von Zeit zu Zeit klemmt er sie sich zwischen die Lippen, bläst auf seine Handschuhe und schlägt sie gegeneinander. Die Kippe behält er im Mundwinkel, damit er seine beiden Hände schützend zwischen die Beine stecken kann. Er hat heute zu viel geraucht, seine Lungen brennen, sein Mund ist geschwollen. Ihm tut der Rücken weh. So lange in der Kälte zu sitzen ist selbst für einen Kerl wie ihn, der es gewohnt ist, lange im Wald auszuharren, eine harte Prüfung.

Er sieht übel aus, ist unrasiert; sein irrer Blick wandert über diese versteinerte Welt. Er bedauert, sein Gewehr nicht bei sich zu haben, ihm fehlt das Gewicht der Patronentasche quer über der Brust. Er vermisst diese Augenblicke vollkommenen Friedens, wenn das Blut vergossen, das Tier erlegt ist. Das letzte Zucken des Feldhasen, das Flügelzittern des Rebhuhns. Er vermisst seine

Macht über Leben und Tod. Die einzige Macht, die einem Mann wie ihm bleibt, dem Herrn über eine Welt, die es nicht mehr gibt. Dieser Mann heißt Marcus, er ist mein Bruder.

Die Einsamkeit ist sein Leben.

Morgen wirst du ihn sehen. Wahrscheinlich begegnest du ihm, wenn du Brot, Wein und Futter für Youza besorgen gehst. Aber du hast ihn vor der Abreise angerufen und dich mit ihm im Dorf verabredet, in dem alten Café, das immer nach Sägemehl und warmem Wein riecht.

Du hast ihn nicht nach mir gefragt. Du hattest zu viel Angst vor der Antwort. Von sich aus hat er dir auch nichts erzählt. Immer noch genauso stumm. Falls überhaupt jemand etwas weiß, dann er. Du brauchst Einzelheiten, ein Motiv. Es bleibt dir noch ein Hoffnungsschimmer. Vielleicht bin ich ja krank und schäme mich deswegen, möchte allein sein, mich verkriechen, wer weiß?

Du schaltest die Nachttischlampe wieder an. Du hast noch Durst. Das ist immer so, wenn du weinst. Was sind schon Tränen, gerade mal ein paar Tropfen Salzwasser. Spar sie dir für andere Gelegenheiten auf. Du weißt noch nicht, was mit mir geschehen ist.

Du und ich, Blue, wir sind nie allein gewesen. Wir waren wie Zwillinge, kamen mit ein paar Stunden Unterschied auf die Welt, nur ein paar hundert Meter voneinander entfernt. Dieselbe Hebamme, Francesca, hat uns eine Nabelbinde um den Bauch gewickelt, uns einen Klaps auf den Po gegeben, uns gewaschen und angezogen. Marcus war acht Jahre alt. Das Jahr unserer Geburt ist ein Jahr, an das er sich gut erinnert.

In unserer Familie erzählt man sich, der einzige Tag, an dem man ihn je bestraft habe, sei der gewesen, an dem er lernte, wie man auf dem Ranzen sitzend Schlitten fährt; wir waren damals noch im Bauch unserer Mütter. Natürlich hat Vater ihm später ein paar kräftige Fußtritte in den Allerwertesten verpasst, aber in unserer Familie wurden Kinder nicht übers Knie gelegt, und bei älteren Söhnen kam das erst recht nicht in Frage. In genau dem Jahr hatte Vater beschlossen, Marcus sei jetzt alt genug, um bei der Ernte mitzuhelfen. Er würde ja mal den Hof übernehmen müssen. Also hatte Marcus den Bauern bei der Heuernte geholfen. Mama stach am Abend seine Blasen auf, legte ihm einen Verband an und flüsterte ihm zärtliche Worte zu, mein kleiner Mann, mein Großer, mein süßer Junge. Marcus biss die Zähne zusammen. Am nächsten Tag machte er klaglos weiter, schwang die schwere Heugabel, während sich an seinen Händen Schwielen bildeten. Vater war unerbittlich, erst als die Erntezeit vorbei war, hatte die Marter ein Ende gehabt.

Ende August, als die Heuernte eingefahren war, nahm Vater ihn mit zu den Bauern, einen heben. Dann ins Café, wo unsere Geburt gefeiert wurde. Es kam selten vor, dass dein Vater einen Fuß ins Café setzte, Blue, aber an dem Tag durfte das ganze Dorf auf seine Kosten trinken. Marcus war zum ersten Mal in seinem Leben betrunken, und es ging ihm so elend, dass er sich schwor, nie wieder zu trinken. Er hat nicht Wort gehalten. Ich denke, er hätte das kaum durchgestanden, wenn er sich nicht ab und zu einen Bourbon genehmigt oder sich in seinen Wäldern abreagiert hätte.

Ende September – wir waren erst einen Monat alt – nahm Marcus an seiner ersten Weinlese im Tal teil. Seine Arme wurden muskulös, die Dressur begann Wirkung zu zeigen.

Vater wusste, was er tat. Lange Zeit gingen die Bauern zu Marcus, wenn es auf einer unserer Ländereien Probleme gab. Er empfing sie in der Küche, in der es immer nach frisch gebrühtem Kaffee duftete, im Schrank gab es eine Flasche alten Pflaumenschnaps und ein oder zwei saubere Gläser standen umgedreht bei der Spüle. Selbst die Bärbeißigsten fanden sich am Ende mit der Mütze in der Hand ein, was so viel heißen sollte wie: Schließlich haben wir schon von Kindesbeinen an Seite an Seite geschuftet, dieselben Mücken haben uns gestochen, und unser Mittagschläfchen haben wir auf demselben Heuballen abgehalten; deshalb verbindet uns etwas, das nie zerstört werden kann.

Dann veränderte sich die Welt. In der Gegend hier nicht ganz so sehr, aber genug, dass die Söhne der alten Gefährten sich nur noch herzlich wenig um die uralten

Gesetze scherten, die einzigen, die Marcus kennen gelernt hatte. Die einzigen, die er akzeptiert hatte.

Vater nannte den Besitz, auf dem Wein und Olivenbäume angebaut wurden, die »unteren Ländereien«. Sie erstrecken sich immer noch sehr weit, fast bis zum Meer, dieser glänzenden Linie, die man an sehr windigen Tagen am Horizont erblicken kann.

Die blauen Berge, die grüne Ebene, das funkelnde Meer. Wir kamen im Paradies zur Welt, meine Schöne. Wir sind ihm entronnen, indem wir von dort oben in eine Hölle hinunterfielen, die in Wahrheit unser Glück war, bis zu dem Tag, an dem alles zusammenbrach.

Über dem Gut der D'Ombra, den Ländereien, die Marcus und ich geerbt haben, thront ein Wappen: *»In Blau ein silberner Sparren, begleitet von drei goldenen Rosen, oben zwei, unten eine«*.

Da unsere Vorfahren nie auf ihr *Jus primae noctis* verzichtet haben, sieht man im Dorf immer noch kleine Jungs, die von derselben nordischen Blässe sind wie ich, und kleine Mädchen, die denselben sinnlichen Mund haben wie Marcus. Mein Bruder hat von unseren Urahnen unter anderem eine Schwäche für das Frühlingserwachen unserer jungen Mädchen geerbt. Mit dem Unterschied, dass er sie als wohlerzogener Mensch immer vorher um Erlaubnis gebeten hat. Auf seine Privilegien möchte man nicht so ohne Weiteres verzichten.

Am Ausgang des Dorfes liegt eine D'Ombra-Kapelle,

die heute geschlossen und verfallen ist, im Wald stehen noch drei Jagdrelais, und einige Straßen tragen noch den Familiennamen unserer Ahnen, Hyppolite, Sylae, Giovanna.

Jetzt, da die Eltern tot sind, sind Marcus und ich die einzigen Nachfahren – kinderlose Erben, die letzten unserer Rasse. Als wir Kinder waren, hätte niemand geglaubt, dass wir aus demselben Nest stammten. Marcus ist schon immer ein düsterer Geselle gewesen, er blickte ernst in die Welt und war so langsam, dass er fast schon linkisch wirkte. In tiefen Höhlen liegende schwarze Augen, eine große, gerade Nase, ein fleischiger Mund – das klassische Gesicht eines Schäfers oder eines alten Römers mit lockigem Haar. Gedrungen, kräftig, stark behaart, der Hals saß auf breiten Schultern, er hatte die Schenkel eines Satyrs und große Hände. Mein Körper war das genaue Gegenteil, er wirkte fast durchscheinend, so lang und schlaksig war ich. Blasse Augen und Haare, die in Farbe und Beschaffenheit mit dem Alter immer stärker Silberfäden glichen. Aber im Herzen sind wir immer verbunden geblieben. Brüderlichkeit ist für uns nicht nur ein hohles Wort. Marcus liebte mich, und ich liebte ihn. Ich weiß, dass er bereitwillig sein Leben für mich gegeben hätte. Er war mein Held, ich war sein kleiner Bruder. Ein nervtötender kleiner Bursche, das einzige Püppchen, das er je in seinen Armen gewiegt hat. Er hat mich unter seine Fittiche genommen, meine Bewunderung galt lange ihm allein.

Tenebricus sum, sed quomodo stellae luceo: »Ich bin düster, und doch leuchte ich wie ein Stern«. Auch unsere Devise passt perfekt zu ihm. Genau wie jene festliche Jacke, die ihm an den Schultern zu eng ist und ihm bei Vaters Beerdigung als Panzer diente. Diese Jacke hatten schon lange vor ihm die Erstgeborenen der Familie zu solchen Anlässen getragen.

Mama stützte sich während der Beerdigung auf ihn, sie hielt sich gerade und vergoss keine Tränen, aber es war das letzte Mal, dass man sie im Dorf zu Gesicht bekam. Selbst deine Mutter, Blue, die sie liebte, wurde nicht empfangen und kam wieder zurück mit ihrem Körbchen mit Walderdbeeren, dem unangetasteten Blaubeerkuchen und dem Strauß Rosen. Das Schlafzimmer, in dem Mama – trotz der Gepflogenheiten der Leute von D'Ombra – in demselben Bett wie Vater schlief, wurde zu ihrem selbst gewählten Gefängnis. Es dauerte nicht lang. Mama drehte sich zur Wand um, weigerte sich zu essen, verweigerte alles. Marcus blieb bei ihr bis zum letzten Tag, dann kehrte er, nachdem sie im Familiengrab beigesetzt worden war, nach Hause zurück. Es gab keinen anderen Ort, an den er hätte gehen können, es gab kein Ersatzleben. In seinen Krauskopf konnten die Familientraditionen eindringen wie in Butter. Und da sind sie immer noch, zusammen mit allem anderen. Weder ich noch du, Blue, waren auf den Tod meiner Eltern vorbereitet, falls man überhaupt auf den Tod von irgendjemand vorbereitet sein kann. Sie waren so jung, wir waren noch Kinder. Uns Menschen wird nach einer einfachen und unerbittlichen Rechnung nur eine bestimmte Zeitspanne gewährt, und Eltern sterben vor ihren Kindern. Aber wenn es dann geschieht, wenn die Bastion fällt, stehen wir plötzlich an vorderster Front. Dann sind wir die nächsten Opfer des Sensenmannes.

Diese harten Prüfungen kamen Schlag auf Schlag, nachdem wir Col de l'Ange verlassen hatten. Du kamst nicht zur Beerdigung meines Vaters, du warst nicht da, als meine Mutter auf dem Krankenbett lag. Zurückkommen kam für dich nicht in Frage. Es war noch zu früh, und außerdem … Es klingt absurd, wenn ich das sage, aber es war auch zu spät.

Zur Beerdigung meines Vaters kam ich ins Dorf zurück und blieb dort, solange meine Mutter krank war. Ich fühlte mich unwohl, litt, war ruhelos. Man kehrt ungern an einen Ort zurück, an dem man Menschen, die man liebt, wehgetan hat. Als ich wieder nach Paris kam, wolltest du nicht, dass ich dir davon erzähle; und dann, wenige Tage später, an einem verregneten Abend, an dem wir alle beide ein bisschen zu viel getrunken und ein bisschen zu viel geraucht hatten, wolltest du hören, wie es mit ihnen zu Ende gegangen war, mit diesen beiden Menschen, die für dich ebenso wichtig gewesen waren wie für mich. Du wolltest alles wissen, bis ins kleinste Detail, über ihre letzten Gesten, ihre letzten Worte, mit einer Gier, die ich als obszön empfand. Was hätte ich dir deiner Meinung nach erzählen sollen? In welch merkwürdiger Position man Vater gefunden hatte, die Arme über der Brust verschränkt, mitten auf dem Weg, einen noch warmen Feldhasen in der Jagdtasche, während seine Lieblingshündin mit den Pfoten über den Augen zu seinen Füßen lag und wimmerte? Dass meine Mutter Schmuck im Reis versteckt hatte, in einem kleinen Säckchen, versehen mit einem kleinen Zettel, auf dem stand, dass er für dich war? Wie ich im Rock ihres Brautkleides die leidenschaftlichen Liebesbriefe fand, die Vater ihr während der Verlobungszeit geschrieben hatte?

Weil meine Art dich geärgert hat, die Nüchternheit meiner Schilderung, bist du wütend geworden, hast dir die Ohren zugehalten und mich angebrüllt, ich sei herzlos. Du hast mich gekratzt. Ich verabreichte dir zwei Schlaftabletten und steckte dich ins Bett, ein wenig rüde glaube ich. Du kannst von Glück reden, dass ich dir nicht einfach eine gescheuert habe.

Dann hörte ich dich rufen: »Mama … Mama …«, und weinend wie ein kleines Mädchen bist du schließlich eingeschlafen. Dann fing auch ich zu weinen an. Ich kroch zu dir ins Bett und drückte dich fest an mich. Nach Wodka stinkend und mit Tränen in den Augen versuchte ich, mich nicht zu bewegen, um dich nicht aufzuwecken.

Ich habe dir alles erzählt. Wie vorbildlich Marcus sich von Anfang bis Ende verhalten hat. Von seiner unermüdlichen Zärtlichkeit für Mama, und wie er sie umsorgt und umhegt hat. Von seiner Entscheidung, sie in ihrem Hochzeitskleid zu beerdigen, mit Vaters Briefen und der

Babywäsche von uns Kindern an ihrer Seite. Zwei blauen und einer rosafarbenen, denn du warst die Tochter, die sie nicht gehabt hat.

Als wir aus Col de l'Ange geflüchtet sind, Blue, haben wir etwas angefangen, wovon es kein Zurück gab.

Die Menschen sterben oft auf dieselbe Art wie ihre Eltern. Man erbt ihre Stärken und ihre Schwächen. Vater hat es einfach umgehauen, wie wenn der Blitz in eine Eiche fährt. Mama war ein Ast an diesem Baum, sie konnte ohne die gemeinsamen Wurzeln und den gemeinsamen Stamm nicht weiterleben.

Ich frage mich, wie unser Bruder gefällt werden wird. Ob er vielleicht, wie Vater, vom Erdboden in die Luft gehoben und über den Weg geworfen wird wie eines der Tiere, die er tötet.

Wenn man einem Neugeborenen ein langes und gutes Leben wünscht, sollte man ihm bei der Gelegenheit auch gleich einen sanften Tod und ein heiteres Ende wünschen. Der Tod ist ebenso wichtig wie das Leben. Diese Verlogenheit, dieser Mangel an Klarsicht erstaunt mich mehr denn je.

Außerdem frage ich mich, was man tun muss, um endlich hinüberzugehen auf die andere Seite. Falls es denn eine gibt.

Ich weiß nicht mehr, was Zeit ist. Die Tage und Nächte wechseln einander ab, ich bin immer noch da, halte mich mal hier mal dort in der Nähe jener beiden

Menschen auf, die ich letzten Endes am meisten geliebt habe, bei Marcus und dir, Blue.

In den ersten Monaten unseres Lebens in Freiheit waren wir richtige Welpen. Neugierig, gefräßig, unermüdlich, wir wollten alles auf einmal: ausgehen, tanzen, rauchen, trinken, jemanden aufreißen, die Nächte durchmachen, Drogen ausprobieren, uns Filme anschauen, Klamotten, Zeitschriften, technisches Spielzeug kaufen. Wir nahmen uns alles, was uns gefiel. Ich erinnere mich, dass wir in einer Zeitschrift, *The Whole Earth Catalog*, auf ein Foto stießen, das eigentlich ganz unspektakulär war, aber wir fanden es umwerfend gut. Man sah eine Landstraße im ersten Licht des Morgengrauens, so eine Straße, an der man gut trampen kann. Darunter stand geschrieben: »Seid hungrig. Seid verrückt.«

Das Geld der D'Ombra hat uns offen gestanden sehr geholfen. Hungrig sind wir gewesen, und zwar auf alles, aber an Geld hat es uns nie gemangelt. Mit dem monatlichen Scheck meiner Eltern bezahlten wir unsere Flucht, unsere erste Einzimmerwohnung, meine Studien und auch meine Marotten, deine Tanz- und Klavierstunden, bis du schließlich anfingst, mit deinen Modefotos eigenes Geld zu verdienen. Ich sehe es noch vor mir, was für ein Gesicht du nach deiner ersten Sitzung gemacht hast. Du sahst aus wie ein junges Mädchen, im siebten Himmel, erstaunt, geradezu verzückt. In jener Zeit warst du genauso blond wie in deiner Kindheit. Anschließend warst du brünett, rot, hellbraun. Mit Zöpfen, Dutts, Louise-

Brooks-Frisur und sogar einem Kahlkopf: Für den Moment eines Fotos wurdest du zu einem Geist, etwas, das man beliebig formen konnte. Es verunsicherte dich, dass man es ganz normal fand, wenn du zickig warst, aufbrausend, unnahbar, ja sogar unsympathisch, dass man dir deine Launen, deine Exzesse durchgehen ließ. Es erstaunte dich immer wieder, denn Schönheit war für dich eine rein technische Angelegenheit, um die du dich gekümmert hast wie um ein Haustier. Du wurdest abweisend, wenn man vom Farbton deiner Augen schwärmte oder die Vollkommenheit deines Gesichts als ein Wunder darstellte. Die Fotografen waren geblendet, vom Blitz getroffen, wenn sie mit dir arbeiteten. Du hast deine Bewunderer immer neugierig gemustert, warst misstrauisch gegenüber denen, die beim Anblick deines prachtvollen Busens ins Stottern gerieten. Denn wollte man von dir geliebt werden, musste man dich zum Lachen bringen. Dieses ganze Getue kam dir grotesk vor, aber du hast dich schließlich daran gewöhnt. Dir stand jetzt die ganze Welt offen.

Diese erste Fotoserie, daran erinnere ich mich noch, schnitten wir aus und pinnten sie in der Toilette an die Wand. Bald schon wurde sie von anderen herausgerissenen Seiten überdeckt, von kleinen Mitteilungen und dann von weiteren Fotos. Eines Tages ist sie wohl runtergefallen. Wie so viele Dinge unseres gemeinsamen Lebens landete auch sie im Müll. Die Zeit raste, ich hatte bereits mein Architekturstudium beendet, dich konnte man schon auf dem Cover der *Vogue* bewundern. Ich las *Utopica*, träumte von Kirchen aus Plexiglas, von Grasmatten auf Beton und von Museen auf dem Mond, du warst ausgeflogen, nach New York, Mailand und Los Angeles. Ich verliebte mich in alle Männer dieser Welt, alle verliebten sich in mich, und was die Welt anging, so hatte sie sich vom Schwarzweiß der sechziger Jahre losgesagt, ging über zu den sanfteren Tönen der siebziger Jahre, um sich alsbald in den grellen Farbtopf der Achtziger zu stürzen. Unterdessen ging das Leben in Col de l'Ange friedlich weiter. Sibirische Winter, die die Menschen wie Tiere für Monate verbannten, der milde, blütenbesternte Schlamm des Frühlings, die kurzen, duftenden Sommer, der rote, trockene Herbst, in dem in regelmäßigen Abständen der kurze Ruf des Auerhahns erschallte.

Unser Col de l'Ange. Unsere Höhle, unser Nest. Wo das Leben sich so sehr von unserem unterscheidet, dass es in einer anderen Raum-Zeit hätte stattfinden können.

Jene, in die ich eingetreten bin und in die du mir gefolgt bist.

Die Nacht ist so schwarz. Die Sterne sind so groß. Du hast genug davon, Blue. Du strampelst die Laken und Decken von dir, hast Ameisen in den Beinen. Du stehst mit nackten Füßen auf den roten Tonfliesen und zitterst. Die Kälte umschmeichelt dich, dann beißt sie zu. Du schließt das Fenster, es ist richtig kalt. Die Fenster sind mit Eisblumen geschmückt. Du bist nackt. Du wickelst dir die Federsteppdecke um die Brust. Diese alte Patchworkdecke hat dir einst Eléonore geschenkt, meine Mutter. Sie hatte uns die wallenden Vorhänge genäht, aus einer Mischung aus Seide und Samt. Seither sind Karmesinrot und Granatrot deine Lieblingsfarben.

Youza schnaubt hinter der Tür. Du lässt sie hinein, die Hündin springt sogleich auf. »Leg dich hin, Youza, es ist noch nicht Tag … Hast du Durst? Komm mit.« Die Hündin wedelt mit dem Schwanz, sie würde alles tun, um mit deiner Wärme, deiner Stimme diesen einsamen Stunden zu entrinnen. Diesen dem Leben gestohlenen Stunden; wozu braucht ein Hund die Nacht, wenn er doch schlafen kann, sobald er Lust dazu hat? Gemeinsam geht ihr die Treppe hinunter. Die dritte Stufe von oben knarzt noch immer.

Immer wenn du das Holz so unter den Füßen deines Vaters knarzen hörtest, hast du dich in deinem Bett ganz klein gemacht.

In der Küche trinkt ihr Wasser; es ist so kalt, dass es wie ein Kieselstein in den Magen fällt. Ihr schaut euch seufzend an. Du füllst eine Karaffe randvoll. Die Daunendecke fällt herunter, Youza stürzt sich darauf, um zu spielen. Sie schnappt einen Zipfel mit dem Maul, du ziehst auf der anderen Seite, sie knurrt, sabbert und sieht aus, als würde sie lächeln. Du lachst auch. Als das Spiel zu Ende ist, geht ihr wieder nach oben. Mit der einen Hand hältst du die Decke fest, in der anderen trägst du eine Karaffe und ein Glas. Mit der Hündin auf den Fersen löschst du beim Gang nach oben eins nach dem anderen alle Lichter.

Da du keine Hand frei hast, versuchst du, die Tür zu deinem Zimmer mit dem Ellbogen zu öffnen. Das Glas fällt herunter und zerbricht in zwei fast gleichgroße Stücke. Du stöhnst über deine Ungeschicklichkeit. Du bückst dich, um die Stücke aufzusammeln. Dann bist du wieder in der Küche, holst ein anderes Glas und eilst schnell wieder nach oben, gefolgt von der verwirrten Youza. Du denkst über dein sonderbares Verhalten nach. Jedes Mal, wenn du etwas kaputtmachst, eine Tasse, einen Teller, an dem du sehr hängst, beschleichen dich widersprüchliche Gefühle: du bist gleichzeitig traurig und euphorisch. Wenn etwas kaputtgeht, macht das in deiner Vorstellung einem anderen Ding Platz. Vielleicht ist es weniger schön und wird weniger geliebt, vielleicht ist auch das Gegenteil der Fall, wer weiß? Du liebst das Unerwartete, das ist wie hinter dem Objektiv stehen, am meisten erregte es dich, wenn du nicht wusstest, was vor dem Auge deiner Kamera auftauchen würde. Das Bild, das du noch nicht aufgenommen hattest, das du nicht oder nicht mehr erwartet hattest, auf das du gehofft hattest.

Mit den Männern war es im Grunde dasselbe. Keiner war so gut wie der danach, denn in deinen Augen waren sie in Wirklichkeit alle gleich. Und zwar nicht, weil du keinen geliebt hättest, aber vielleicht nie genug, um ihm ganz zu vertrauen.

Du löschst das Licht auf der Treppe, dann das in deinem Zimmer.

Alles wird wieder dunkel und still, aber du bist nicht ruhig und stehst gleich wieder auf, um die Hündin hereinzulassen. Sie legt sich zu deinen Füßen nieder; ihre Gegenwart beruhigt dich. Du verkriechst dich unter der Bettdecke und schlingst die Arme um dich, mit weit geöffneten Augen liegst du da. An Schlaf ist nicht zu denken.

Hinter dem erloschenen Fenster legt Marcus sein Herz neben deinem Kopf auf das Kissen. Spielt den Leibwächter. Er schickt dir seine Gebete, so wie man sie an Gott schickt, und genau wie Gott antwortest du nie. Er nennt dich »mein Wolf«, »mein Püppchen«, »meine Angebetete«, »meine Kornblume«, »mein Baby«. Und auch »meine goldene Rose«, »meine heilige Wunde«, »mein Sturmwind-Engel«.

Als du mit Youza in die Küche hinuntergingst, um ein Glas Wasser zu holen, warf er seine Zigarette in den Schnee, damit du die Glut nicht leuchten siehst. Aber der Schnee ist mit einer Eisschicht überzogen, die Kippe brannte weiter. Er sprang auf, um sie auszumachen und landete dabei auf allen vieren, genarrt von der Reglosigkeit, verraten von der Kälte, die ihn gelähmt hatte. Auf

Knien starrte er dir weiter nach, mit der Raserei eines Ausgehungerten. Genau in dem Moment fiel die Decke, die du dir um die Hüften gebunden hattest, zu Boden. Amphorenhüften, ein prachtvoller Hintern. Er sagte sich, wenn er jetzt verrecken sollte, genau so, würde man ihn erst den nächsten Tag hier finden, tief gefroren, mit einer Erektion wie ein Esel. Nachdem er sein ganzes Leben lang scharf auf dich gewesen ist, würde es auch im Tod so weitergehen. Zumindest das fand er komisch.

Diese rote Steppdecke, mit der Youza und du gerade gespielt habt, geistert schon seit Jahren in Marcus' Träumen herum. Ein Stück Seide war in dem Nähkörbchen unserer Mutter zurückgeblieben. Marcus hat dieses Stück Stoff jahrelang mit ins Bett genommen. Er hat es sich um die Taille gewickelt, um den Hals, bis er sich fast damit stranguliert hätte. Eines Nachts warf er es fort. Als er am nächsten Morgen aufwachte, war ihm so kalt, als sei im Schlaf Schnee auf ihn gefallen. Dann suchte er so lange danach, bis er es wieder fand, und alles ging von vorne los.

In deinem kalten Bett hast du dich zu einer Kugel zusammengerollt. Youza wimmert, sobald du dich umdrehst und das alte Bettgestell zum Knarzen bringst. Mit weit aufgerissenen Augen, wie eine Katze, die ein Gespenst sieht, denkst du an mich.

Unsere Mütter haben uns gleichzeitig unter dem Lindenbaum im Hof gestillt, im Sommer. Danach legten sie uns in den Schatten, unter Decken, wo unsere ersten Spiele darin bestanden, nach den Händen und Füßen des anderen zu schnappen. Wir stritten uns um das Dreirad, deine Puppen und meine Feuerwehrautos. Wir wurden größer und liehen uns im Winter gegenseitig unsere Handschuhe aus, im Frühling unsere Mützen und unsere Gummistiefel, im Herbst unsere Regenmäntel und im Sommer unsere Badesachen. Unsere Mütter mühten sich vergeblich, uns das abzugewöhnen, Marcus fand das komisch. An manchen Tagen passte er auf uns auf, kochte uns etwas zu essen und spielte mit uns. Er hatte keine Hemmungen, uns zu bestrafen. Wenn wir ihm auf die Nerven gingen, verpasste er uns eine Ohrfeige. Keine sehr feste, bloß um zu zeigen, wer das Sagen hatte. Es war eine Herausforderung für uns, nicht loszuheulen.

Wir waren auch ein bisschen eifersüchtig auf ihn, weil wir »die Kleinen« waren. Er war der Älteste, er hatte alle Rechte; er ging schon mit Vater auf die Jagd.

Eines Morgens waren wir sehr früh aufgestanden, um es ihm gleichzutun. Ich hatte Kieselsteine gegen dein Fenster geworfen, du bist heruntergekommen. Wir hatten unsere Kuschelbären im Wald versteckt, und als wir sie suchen gingen, verirrten wir uns. Wir waren sechs oder sieben Jahre alt, glaube ich. Man fand uns in der Nacht, vom Weinen erschöpft, mit vollen Hosen. Vaters Wildhüter hatte unsere Kuschelbären nach Hause gebracht. Als wäre es ihre Schuld gewesen, wollten wir danach nichts mehr von ihnen wissen.

Erinnerst du dich an das Jahr, in dem wir dreizehn waren? An den Sommer, den du fast nicht überlebt hättest?

Ich hatte mir die Haare wachsen lassen. Ich trug Shorts von Marcus, die mir bis zu den Waden reichten, seine Kaschmirpullover und seine eleganten Hemden. Marcus war schon einundzwanzig Jahre alt, und auch wenn es bei uns keine Discorallyes gab, so gab es doch Gelegenheiten in der Stadt, zu denen die jungen Männer aus gutem Hause ordentliche junge Mädchen kennen lernen konnten. Man spielte zwar keinen Rock 'n' Roll, aber einige der jungen Damen waren recht draufgängerisch. Die Zerberusse, die sie als Anstandsdamen begleiteten, merkten das oft gar nicht. Marcus, der wie immer so aussah, als könnte er kein Wässerchen trüben, verführte die Mütter ebenso wie die Töchter. War der Abend vorbei, spielte er Poker. Dabei gewann er oft. Man hat nie herausgefunden, ob er bluffte.

Wenn ich mir seine Ausgehklamotten auslieh, wurde er fuchsig. Mir war das egal. Sie machten eben Eindruck.

Du warst ein scheues Reh, ein kleines Waldmädchen. Mit aufgeschürften Knien und Ellbogen voller Krusten. Deine Eltern ließen dich wie eine Wildblume einfach wachsen. Ich kümmerte mich um deine Erziehung. Du hast dir meinen Mangel an Schüchternheit abgeschaut, meine unverfälschte Herzlichkeit. Du warst aufmüpfig, aber es hat dir großen Spaß gemacht, dir all meine Spleens und Launen abzugucken. Meine schamhafte und meine obszöne Seite. Meine Kraftausdrücke und die gute alte französische Schule der Höflichkeit, deren Regeln man mir eingetrichtert hatte. Auch meine Geheimnisse kanntest du. Ich hatte dir alles erzählt. Vom Schlafsaal, dem Internat im Tal, in das meine Eltern mich geschickt hatten, von den Jungs, die mir gefielen. Du gingst in die Dorfschule, ich kam nur am Wochenende nach Hause. Außerdem hast du mich getröstet, als ich meinen ersten Liebeskummer hatte. In deiner Unschuld fiel es dir überhaupt nicht schwer, mich so zu nehmen, wie ich war. Ich wirkte jünger, noch wie ein Kind, aber in dem Sommer, in dem wir dreizehn wurden, bin ich gewachsen. An die zehn Zentimeter auf einen Schlag. Wir verlebten die letzten Monate unserer Kindheit. In dieser Zeit veränderte sich unser Leben.

Im Mai schmückte man die Dorfstraßen mit Lämpchen aus Krepppapier, in die man Kerzen gesteckt hatte. Jeden Abend holte ich dich ab. Die Lampions tanzten auf dem Weg. In der Kirche, in der unsere Eltern einst getraut wurden und in der man uns am selben Tag getauft hatte, wurde das Ave Maria heruntergeleiert. Kinderstimmen und frömmlerisches Gemurmel.

Mater purissima
Ora pro nobis
Rosa mistica
Ora pro nobis
Turris eburnea

Ora pro nobis

Du bist neben mir fast eingeschlafen auf der Holzbank, in die mein Familienname eingraviert stand, dann brachte ich dich wieder nach Hause. Wenn ich es recht bedenke, ist es schon seltsam, wir hatten uns immer was zu erzählen. Der Juni war gekommen, ganz leise, auf Zehenspitzen, und mit ihm das Schuljahresende und die ersten richtig heißen Tage, an denen wir immer auf der Suche nach dem kühlsten Plätzchen waren. Welches Spiel war in jenem Jahr gerade in Mode? Die Klick-Klack-Kugeln, die wir stundenlang mit einem hypnotisierenden Schwung aus dem Handgelenk aneinanderklacken ließen? Oder Rubrik's Cube, der Zauberwürfel? Ich hab's vergessen. Ich weiß nur noch, dass wir uns den lieben langen Tag in unsere dunkle Höhle verkriechen konnten, in unseren Hütten aus Blättern und Zweigen, wo wir es uns gemütlich machten mit unseren Illustrierten und unserer Thermoskanne mit Tee oder Limonade, die deine Mutter uns hingestellt hatte. Niemand suchte uns. Wir waren glücklich.

Im Juli waren die Touristen, wie jedes Jahr, bei uns eingefallen. Ich weiß weder, wie wir darauf kamen noch wer von uns beiden als Erster die Idee hatte – wir hatten uns in den Kopf gesetzt, Geld zu verdienen. Mitten auf dem Gehsteig an der großen Straße hatten wir ein Tischtuch ausgebreitet und drei nicht zusammenpassende Porzellantassen, Fossilien, ein Taschentuch aus weißer Seide, Muggelsteine und blaue Turnschuhe ausgelegt. Drei Tage lang hockten wir auf dem Trottoir. Viele Kinder waren vorbeigekommen. Keiner hatte uns auch nur irgendetwas abgekauft.

Im August und September war ich verliebt, und diesmal war es ernst. Wir hörten auf, miteinander zu spielen. Wir hatten die Seiten gewechselt. Ich hatte mit jemandem geschlafen, du dagegen hattest keinen blassen Schimmer von solchen Dingen.

Meine erste Liebe hatte ich auf der Schule kennen gelernt, aber unsere Beziehung ging erst im Sommer los, als seine Eltern ihn mit seiner Großmutter in die Berge schickten. Zu uns, nach Col de l'Ange. In die Höhle des Löwen.

Der Junge war dunkelhäutig und wirkte jünger, als er wirklich war, aber er war schon mit allen Wassern gewaschen. Ein Onkel, der kaum älter war als er, hatte seiner Kindheit ein jähes Ende bereitet, und von dieser halben Vergewaltigung war ihm ein Durst geblieben, ein Verlangen nach Wollust, die ihm ein fast schon animalisches Glück bescherte. Er war nur dann glücklich, wenn er mit jemandem schlief. Und das taten wir so oft und so ausgiebig, dass ich, wäre ich nicht so jung und gesund gewesen, gut dabei hätte draufgehen können.

Wir wurden nie erwischt. Wir waren schlau wie die Füchse. Ich betete ihn an. Ich liebte seine weichen Hände, seine Beine, lang wie die von einem Hirschkalb, seine dunklen Augen, die fast keine Pupillen hatten, so schwarz waren sie. Ich liebte seine Lippen, die wie vom

Fieber geschwollen waren, seine seidigen Wangen, seinen geraden Hals, seine zarten Schultern. Ich liebte seinen fast schon unnatürlich kleinen, runden Arsch, seinen langen, glatten und bleichen Pimmel, die haarlose Scham und die Grübchen im Mundwinkel und über dem Po.

Er hieß Gabriel. Seine Eltern nahmen ihn im folgenden Winter von der Schule. Vor nicht allzu langer Zeit sah ich ihn im Fernsehen wieder. Er stand hinter einem Politiker, der große Reden zur Rentenpolitik hielt. Als Berater oder so, keine Ahnung.

Anfang Herbst wurdest du krank, Blue. Das kam oft vor. Aber diesmal war es heftiger als sonst. Erst eine Angina, dann eine Bronchitis. Und noch was anderes, eine richtige Diagnose konnte keiner so recht stellen. Du hast monatelang das Bett gehütet, ganz klaglos, ohne zu lesen oder zu spielen, vollkommen wunschlos. Ein Erdbeereis, das ich dir vorbeigebracht hatte, und das du nur gegessen hast, weil du musstest, hatte deine Lebensgeister wieder geweckt. Du hattest es vermasselt, denn eigentlich hattest du dich aufgegeben und wolltest sterben. Nach den Weihnachtsferien schickte man dich wieder in die Schule. Dein Vater hatte dir zu Hause Unterricht erteilt, um das Versäumte aufzuholen, und so war das Schuljahr für dich nicht verloren. Wider deinen Willen, ganz allmählich, verblasste der mörderische Sommer wieder. Ich hatte nichts begriffen, meine erste Liebe hatte mir völlig die Sinne vernebelt. Das habe ich mir nie verziehen.

Mit dreizehn Jahren warst du ein kleiner Kobold, Blue, deine Kindheit war lang und behütet. Dein geheimnisvolles Universum bestand aus Stille, aus Unausgesprochenem, aus allem, was du dir eingebildet hast. Was dir Angst machte – und Lust bereitete. Ich selbst war bereits vorgewarnt, war schon misstrauisch geworden und kannte Geheimnisse, und so entdeckte ich bei den anderen so manches, das mich quälte. Misstrauen, geheime Wünsche, Zweifel. Schuldgefühle. Als alles seinen Anfang nahm, warst du noch Nine. Spieltest du noch mit Puppen.

Die Hitze kam sehr früh, lange vor dem Sommer. Die Dorfjugend war genervt, sie schnitten sich beim Öffnen der Bierdosen in den Finger, soffen sich einen an. Sie hatten eine Wette abgeschlossen, wer dich als Erster küssen würde.

In allen Dörfern auf der Erde gibt es diesen Ritus, bei dem die Blume des Jahres gepflückt wird. Deine Mutter hatte gemerkt, dass du an der Reihe warst. Außerdem war sie immer über alles auf dem Laufenden, über den Bruch einer Verlobung oder den eines Oberschenkels. Sie brauchte sich nur aus dem Schlafzimmerfenster zu lehnen und zum Küchenfenster der Nachbarin herüberzubrüllen, ob sie denn wisse, wer. Wer was? Wer gestorben sei, sich verlobt habe, ausgewandert oder heimgekehrt sei, geheiratet habe, wem man Hörner aufgesetzt habe, wer krank geworden oder zur Armee gegangen sei. Deine Mutter war dir ähnlich, als sie so alt war wie du:

Sie war eine dieser naiven Schönheiten, die man entweder auf das Cover von Zeitschriften bringt oder anketten muss. Dann bekam sie Kinderlähmung, und ihr linkes Bein blieb kürzer als das andere. Sie hinkte. Wegen dieser Behinderung konnte dein Vater sie heiraten. Das Wunder, das da im Erblühen war, konnte sie nicht richtig wertschätzen. In ihren Augen warst du ganz normal, denn das Unnormale war für sie die Regel.

Wenn du über den Dorfplatz gingst, Blue, gab es immer irgendeinen braven Familienvater, der über deinem Anblick Essen und Trinken vergaß. Bis dahin war noch kein Mann zu Tode gekommen, es hatte nur aufgeschürfte Fäuste gegeben und Steaks auf den Augen. Bis zu einem Abend. Ein Fernfahrer hatte, drei Sekunden bevor er auf das Gaspedal statt auf die Bremse trat, dich aus dem Café kommen sehen, mit einem Wassereis in der Hand. Sein Laster hatte das Mäuerchen plattgemacht, die Straßenlaternen an unserem Bouleplatz umgenietet und die Stoffüberdachung mitgerissen. Die alte Plane hatte sich einfach um das tonnenschwere Metall gewickelt, das mit achtzig Stundenkilometern auf die Spieler zugerast war. Dadurch war die Kugel, die außerhalb des Spielfeldrandes lag, weitergekickt worden, und damit hatte Armand, der Dorfdepp, zum ersten und einzigen Mal in seinem Leben das Spiel gewonnen. Drei Spieler mussten ins Gras beißen. Der Fahrer dagegen kam mit dem Leben davon. Du hast nichts davon erfahren – wer hätte es dir erzählen sollen? Ich weiß nicht einmal, ob überhaupt jemand gemerkt hat, dass das Ganze deinetwegen passiert ist.

In diesem Sommer hat Marcus, wie alle anderen, wenig geschlafen. Du und ich saßen stundenlang, oft sogar die halbe Nacht, auf den Stufen vor meinem Haus. Niemand fand etwas dabei. Mein Vater nicht, der dich sehr verehrte. Und meine Mutter, die dich immer als ihr zweites Baby angesehen hat, auch nicht. Marcus erinnert sich an alles. Er erinnert sich so gut daran, dass er sich Nacht für Nacht den Rosenkranz vorbeten konnte, bei dem auf zehn Leiden eine Glücksperle folgt.

Gegen Ende dieses glühend heißen Sommers solltest du vierzehn Jahre alt werden, Blue. Du hattest spitze Ellenbogen, Salznäpfchen wie Untertassen und noch nicht ganz ausgewachsene Engelsflügel. Du konntest in den Küchenschrank klettern, hast dich einfach zusammengefaltet wie kunstvoll gefaltetes Origamipapier. Und darauf warst du mächtig stolz.

Wenn du dich ganz klein gemacht hast, passtest du sogar noch in den Kübel auf dem abgenutzten Spülbecken aus rosa Stein, in dem deine Mutter dich gewaschen hatte und aus dem das Wasser durch ein Loch zu den Kohlköpfen im Gemüsebeet floss.

Noch nie war es bei uns so heiß gewesen. Die Heuernte war schon eingefahren. Es waren nur noch die dürren Stoppeln und die vertrockneten Farnwedel übrig. Du hast die Stunde der Siesta abgewartet und bist dann ganz alleine losgezogen, in völliger Stille, über den kleinen Pfad, der gleich hinter dem Hof eures Hauses begann und nach Oursine zum Gutshof führte. Dieser Hof war nur noch eine alte Ruine, das Überbleibsel eines Schlosses, das einst meiner Familie gehört hatte. Da es zu weit ab vom Dorf lag, hatten es meine Urgroßeltern ein Jahrhundert zuvor verlassen. Ganz in der Nähe floss ein Bächlein durchs Moos. Die Trockenheit hatte es fast zum Versiegen gebracht. An dieser Stelle war nur noch ein von Tannennadeln ersticktes fadendünnes Rinnsal übrig geblieben. Du hast mit deiner Puppe Susannah gespielt, hast sie gekämmt, ihr neue Sachen angezogen. Deine Mutter hatte ihr einen Badeanzug und Abendkleider genäht. Auch deine Kleider nähte sie selbst. Deine Röcke wurden schnell zu kurz, und die Knie lugten hervor.

An den langen Nachmittagen hast du dir selbst ausgedachte Lieder vorgesungen. Du hast deine Puppe geschminkt. Deine Wangen und Lippen mit Blüten gefärbt. Im Sommer kamst du immer erst zur Abendessenszeit nach Hause, wenn die Schwalben verstummt waren und nur noch die Fledermäuse umherschwirrten. Du hast mit deiner Steinschleuder auf sie gezielt, aber nie eine erwischt. Das wäre auch ein ziemliches Drama für dich gewesen.

Du sahst Marcus, seine Freunde und ein paar Mädchen aus dem Dorf – ein paar von den ganz frechen. Die Bande ging zum Bach hinunter, machte nah bei der Stelle Halt, an der du immer mit deiner Puppe spieltest.

Obwohl es so trocken war, gab es dort große Wasserlöcher, in denen man schwimmen konnte. Sie zogen sich splitternackt aus. Die Jungen stiegen als Erste ins eiskalte Wasser. Dann konnte das Spiel von Chloé beginnen, dem wagemutigsten der Mädchen. Die Jungen wussten alle genau, was sie zu tun hatten: Während Chloé auf den Fußspitzen im Wasser stand und die Beine breit machte, musste man abtauchen und unter dem Dreieck durchschwimmen. Jeder Junge spielt irgendwann einmal so ein Spiel. Aber Chloé hatte noch dazu ganz neue Regeln erfunden: Gewinner war, wer es am längsten unter dem auf dem Kopf stehenden V aushalten konnte. Du sahst die Jungs kurz vorm Absaufen hustend und würgend wieder auftauchen. Einmal hatte man sogar einen ganz besonders Mutigen durch heftige Schläge auf den Rücken reanimieren müssen.

Der Sieger folgte Chloé in die Büsche. Dort gab sie alles, bis auf ihre Jungfräulichkeit. Marcus gewann ziemlich oft. Diese Chloé hatten alle gern, sie hatte ein bisschen was von einer Schlampe, aber sie hatte Mumm und war so etwas wie eine vom rechten Weg abgekommene große Schwester. Was sie nicht daran hinderte, ein paar Jahre später ganz in Weiß zu heiraten.

Du erinnerst dich an diesen Sommer. An den Abend, an dem du ziemlich wütend warst. An den Sturm der Verzweiflung und daran, wie das letzte Wort über deine ungetrübte Kindheit gesprochen wurde.

Du warst mit Marcus' Bande zum Bach hinuntergegangen. Keine Ahnung, wo ich damals steckte, wahrscheinlich irgendwo, wo ich nicht sein sollte. Du warst die Jüngste und zum ersten Mal mit den anderen unterwegs. Vielleicht waren sie deswegen befangen, jedenfalls wurde Chloés Spiel nicht gespielt. Es zog sich auch niemand splitternackt aus. Aber sie hatten sich schon bald wieder gefangen. Die ersten Raufereien waren im Gange. Die Mädchen kletterten auf die Schultern der Jungs und sprangen dann von dort oben ins Wasser. Marcus hatte dich auf die Schulter gehievt, aber du hast dich nicht getraut, dich aufzurichten. Zitternd bliebst du dort oben hocken, die Beine um seinen Hals geschlungen, deine nasse Unterhose scheuerte ihm im Nacken, über deine Arme lief eine Gänsehaut, deine kleine Brust pochte. Da ließ Marcus sich ins Wasser gleiten. Urplötzlich tauchte er komplett ab. Er schnaubte, du spürtest, wie es ihn schauderte. Du bist runtergefallen. Unter Wasser wirkte alles verzerrt, weiß und moosig, die Geräusche gedämpft. Du bist schnell wieder aufgetaucht und warst ganz durcheinander. Du hast dich am Ufer trocknen lassen, und die lärmenden Spiele wurden unterdessen wieder leiser. Dann habt ihr wieder nebeneinander gesessen, Marcus und du, Seite an Seite, euer Atem ging wieder ruhiger, ihr saßt mit geschlossenen Augen in der Sonne. Er tastete nach deiner Hand und drückte sie. Ohne auch nur darüber nachzudenken, hast du sie ihm überlassen. Da drehte er sich zu dir um, beugte sich über dein Gesicht, die Haare nass und zerzaust. Du schlugst die Augen nicht auf, spürtest nur seinen Schatten und die kühlen Wassertropfen, die von ihm herabregneten. Dann sprang er auf und verschwand im Gebüsch. Du bist eingeschlafen und mit den ersten Schatten der Dämmerung wieder aufgewacht. Die anderen waren schon nach Hause gegangen, aber Marcus hatte auf dich gewartet. Er war ganz stolz auf sein neues Motorrad und wollte dich nach Hause fahren. Er zerrte dich lachend mit sich, du hast ihm Widerstand geleistet, nur so zum Spaß, gerade wolltest du aufgeben, da sahst du deinen Vater kommen. Seine Lippen waren weiß, und seine Augen traten aus den Höhlen. Zu Marcus sagte er nichts, dir wies er mit der geballten Faust den Weg nach Hause.

Diese Faust bekamst du mit voller Wucht in den Bauch, sobald du die Türschwelle überschritten hattest. Du bist so verdutzt gewesen, dass du nicht einmal geweint hast. Gegen seine Nine hatte er noch nie die Hand erhoben. Seine Blume. Die kleine Prinzessin, die sich auf seinen Schoß setzte und ihm die Arme um den Hals schlang. Die er hätschelte, und der er jeden Finger einzeln abküsste. Und auf sein kleines Mädchen, das so viel wog wie ein nasser Spatz, hatte dieser Vater mit seinen muskulösen Armen immer wieder eingedroschen. Und Nine hatte nicht geweint. Er hatte die Lampen zerschlagen. Die aufgehängten Wandteller. Beim Zerschlagen eines Fensters hatte er sich geschnitten, es aber nicht bemerkt. Ein Stück Glas hatte das T-Shirt zerfetzt, an dem du so hingst, und die Innenfläche der Hand, die du schützend erhoben hattest. Das Blut hatte das Sofa befleckt, unter das du dich gekauert hattest. Erst beim Anblick eures miteinander vermischten Blutes hatte er aufgehört. Und Nine hatte nicht geweint. Sie hatte ein wenig abgewartet, als wollte sie sichergehen, dass es auch wirklich vorbei war. Dann hatte sie ihre Mutter geküsst, die die ganze Zeit über dort gestanden hatte, reglos, entsetzt, der Blick erloschen, und war nach oben gegangen. Sie hatte Susannah gesucht, ihre Puppe, um sie an sich zu drücken, und dann fiel es ihr plötzlich ein. Susannah war noch im Wald, sie hatte sie am Bach vergessen. Am nächsten Morgen war sie in aller Frühe noch einmal zurückgekehrt.

Nine fand ihre Puppe niemals wieder, aber du, Blue, du warst geboren.

Deine schon so oft abgelichteten, dunkel unterlaufenen Augen. Deine geschminkten Wangen, deine rot angemalten Lippen. Deine geschwollenen Wangenknochen.

Die Nacht ist so schwarz. Der Himmel so kalt. Je beißender ihn die Kälte durchdringt, desto fester presst Marcus die Zähne aufeinander und bleibt auf seiner Bank sitzen, stur, beharrlich. Du fehlst ihm, auch wenn er dich nie gehabt hat. Nur einen Augenblick lang hat er dich an sich gedrückt. Gestreift.

Aber du hast sein Herz tätowiert, hast deinen Namen in dicken Balken daraufgeschrieben, hast es verriegelt.

Eine ungelebte Liebe ist nicht dasselbe wie eine verlorene Liebe. Es ist eine Liebe, die einen ins Verderben stürzt, man wird ihrer nicht beraubt, vielmehr ist man von ihr besessen.

Die Nacht ist so schwarz. Der Himmel so kalt. Ach Blue, diese Nacht nimmt kein Ende. Hör auf zu weinen, mein Schatz. Eine Träne bringt einen nicht weiter, sie rinnt bloß aufs Kopfkissen oder ins Haar. Zwischen die Lippen, falls man gerade steht.

Das Schicksal hat es gut mit uns gemeint, bis jetzt konnten wir zusammenbleiben. Konnten uns gegenseitig unterstützen, konnten einer dem anderen Halt geben. Als säßen wir auf dem Sofa und würden uns tief in die Augen sehen. Das ist mehr als so mancher unserer Bekannten je gehabt hat.

Wir haben beide viel Zeit vertan. Wir sind dem Letztbesten gefolgt, haben ein bisschen gewartet, hatten ihn recht gern, mehr war meistens nicht drin, aber oft, meist sogar recht schnell, haben wir ihn wieder fallenlassen.

In Marcus' Leben gab es kein ›Ich liebe dich‹, keine wilden Leidenschaften und keine überstürzten Fluchten. Er hat auf dich gewartet. Ohne zu wissen, ob du eines Tages zurückkommen würdest, ob du ihm je gehören würdest.

Ich frage mich, wie er Tag um Tag geduldig warten konnte. Er hat dich mehr begehrt als alles andere, und doch hat er dich gehen lassen. Jetzt bist du hier. Muss er dich unter Drogen setzen, dich gewaltsam entführen, es dir zehn Tage und zehn Nächte lang ohne Unterlass besorgen, um dir eine Vorstellung davon zu vermitteln, unter welcher Drangsal er leidet? Dich in ein dunkles Zimmer sperren, bis du begreifst, dass dein Leben vollkommen sinnlos ist, vollkommen uninteressant, absolut vergeudet, so lange du nicht an seiner Seite bist?

Der Himmel hat sich zugezogen. Hat einen nach dem anderen alle Sterne verschluckt. Es ist nicht mehr so kalt, bald wird es Tag werden, demnächst schneit es. In dem Grau, das allmählich immer heller wird, wirkt der Schatten der Pinien noch dunkler. Marcus erhebt sich, Youza springt auf, den Kopf hoch erhoben, wachsam.

Die Nacht geht zu Ende, Marcus kann nicht mehr. Bevor er nach Hause geht, wirft er einen letzten Blick zu dem schwarzen Rechteck deines Fensters hinauf, zu dem Zimmer, in dem du sanft atmest und schließlich einschläfst.

Youza seufzt beruhigt.

Der Neuschnee wird alle Spuren verwischen.

Während du schliefst, Blue, kletterte die Hündin aufs Bett und rollte sich zufrieden zu deinen Füßen zusammen. Dankbar bist du näher an sie herangerückt und hast dich an diesem leichten Körper, halb Setter, halb Mysterium, gewärmt.

Youza ist schwarz, rotbraun und weiß. Ihre Ohren

sind viel zu groß für den kleinen Kopf, die kurzen, kräftigen Beine und den buschigen Schwanz. Am Morgen bringt sie dich zum Lachen, wie sie so im Schnee herumtollt, der unter ihr zusammensackt und ihre Fußspuren schnell wieder zudeckt. Sie fängt die Schneeflocken mit der Zunge, dreht sich wie eine Irre im Kreis, als sie versucht, nach denen zu schnappen, die auf ihren Schwanz fallen. Sie bellt dieses zersplitternde Etwas an, diesen Himmel, der in Myriaden von Einzelteilen zerbirst, sich in Milliarden kalter Kometen auflöst, die keinen Geschmack haben und keine Konsistenz. Du siehst ihr vom offenen Küchenfenster aus zu, während du aus einer alten Tasse, an der du immer sehr gehangen hast, Kaffee trinkst. Draußen fällt Schnee, leuchtend und gleichmäßig, geräuschlos. Du würdest am liebsten deinen Fotoapparat holen, verharrst aber reglos, erstarrt und bedrückt.

Als du vorhin aufgewacht bist, hast du dich gefühlt, als habe man dich in der Nacht ausgepeitscht. Zwischen Brust und Hals laufen dir lange Striemen übers Dekolleté.

Du schüttelst dich. Vor dem Treffen mit Marcus im Café musst du noch etwas erledigen. Du ziehst dich warm an, grob kariertes Holzfällerhemd, Rollkragenpulli, wollene Unterwäsche, zwei Paar Strümpfe, gefütterte Stiefel, Parka. In deinem Schrank findest du eine Strickmütze mit rotem Bommel. Du siehst sie zum ersten Mal, sie gehört dir nicht. Du steckst deine langen Haare hinein, die du dir wie üblich im Nacken zusammendrehst, und schiebst die Mütze tief ins Gesicht.

Vergiss deine Handschuhe nicht, ich bitte dich.

Das Auto ist vollkommen mit einem dichten weißen Flaum bedeckt. Du wischst die Windschutzscheibe frei, deine Handschuhe sind sofort klatschnass, du schimpfst wie ein Rohrspatz, Youza sieht dich an und denkt, dass du spielen willst. Gestern hat sie zum ersten Mal Schnee gesehen. Für sie ist das ein Geschenk, etwas, das du in deiner grenzenlosen Macht eigens für sie geschaffen hast. Sie ist ganz verdutzt über seine ungewohnte Weichheit, seine Beschaffenheit und Kälte. Du kennst das schon. Du hast genug davon, dauernd so zu tun, als hättest du's vergessen. Du bist ein Geschöpf dieser Gegend, ein Otter, ein Bärenjunges, ein Silberfuchs.

Außerdem weißt du, dass dieses Auto auf den verschneiten Wegen nichts taugt. Du hast in Col de l'Ange deine Wege immer schon zu Fuß zurückgelegt.

Es ist, als habe noch nie jemand diesen Weg genommen. Alles ist glatt. Keine Furchen, keine Ränder, der Weg verliert sich in der Unendlichkeit des Tals. Die Welt ist leer, unglaublich still. Hin und wieder wankt der Stamm einer gefrorenen Pinie und knackt dabei. Du weichst aus, der frische Schnee lässt ab und zu ein paar übervolle Äste brechen, und du hast keine Lust, die volle Ladung abzukriegen.

Youza trottet vor dir her, ein langes Stück Holz quer im Maul. Hin und wieder sabbert sie und wankt, wenn sie aus dem Gleichgewicht gerät, aber sie lässt ihn nicht los.

Das schwarze Kreuz über dem Friedhofsmäuerchen ist zu dünn, als dass die Schneeflocken sich drauf niederlassen könnten, aber von seinen Armen hängen Eiszapfen herab, so dass es aussieht wie ein ausgemergelter Geistervogel. Die Hündin drückt sich an dich, läuft dir zwischen die Füße, ist plötzlich ganz scheu.

Das Tor öffnet sich geräuschlos. Eigentlich hätte man jetzt erwartet, dass seine frostigen Eisengelenke quietschen, aber die Angeln sind gut geschmiert. Alles hier macht einen gepflegten, ordentlichen Eindruck. Hier herrscht eine Ruhe wie in manchen Träumen. Du gehst auf ein Grab zu, das du noch nie gesehen hast, das du aber kennst. Marcus hat es all die Jahre gepflegt, er hat dir sogar Fotos von den Blumen geschickt, die du bestellt hattest.

Der Garten hinter deinem Haus, die Maisonne. Deine Mutter, eine junge Frau in einem kurzen orangefarbenen Kleid mit aufgedruckten weißen Margueriten. An einem Nachmittag, der schon nach Sommer roch. Die Rosen sind geöffnet, die weißen und die gelben duften am stärksten und sind voller Käfer. An diesem Tag hatte deine Mutter dich gelehrt, gut hinzuschauen: Man musste die Blütenkelche vorsichtig öffnen, um ins Herz zu gelangen, wo sich die Rosenkäfer verbargen, hübsche Käfer von einem kupfrigen Grün. Waren die Insekten erst einmal entdeckt, taten sie keinen Mucks mehr; wenn man sie herausholen wollte, musste man sie wohl oder übel aus den Blüten schütteln. Deine Mutter hatte kopfschüttelnd gesagt: »Es sind zu viele. So schaffen wir das nicht. Hilf mir, Nine, die werden wir uns schon vom Hals schaffen.«

Du hattest eine Zeitung angeschleppt, die ihr in der Mitte aufgeschlagen habt. In einem Eimer hatte deine Mutter Brot in gezuckerter Milch eingeweicht. Die habt ihr schön über die Zeitung verteilt und alles mitten im Garten stehen lassen. Am nächsten Morgen wimmelte es dort von Rosenkäfern. Sie hatten alles aufgefressen und lagen auf dem Rücken, strampelten mit den Beinchen in der Luft, zu schwer, um davonzufliegen. Lachend hob deine Mutter die Zeitung mit den Käfern hoch, aber du warst schon weg. Du wolltest nicht wissen, was sie damit machte. Du konntest es dir schon denken.

Deine Mutter machte uns auch mit den Sitten der Ameisen bekannt. Wir dürften so zwei oder drei Jahre alt gewesen sein, da fand sie uns auf allen vieren, wie wir mit der Nase über einem Ameisenhaufen hingen und schnupperten. Wäre sie nicht gekommen, hätten wir sie gegessen. Erinnerst du dich, wie stark sie gerochen haben? Ein chemischer, scharfer Geruch, der uns anzog, und bei dem uns ganz schwindelig wurde.

Sie hat uns gezeigt, was für ein Zauberwerk so ein Spinnennetz ist; an ihrer Seite waren wir einem davontrippelnden Igel nachgetapst; und sie hatte damals auch die Rabenkrähe mit dem gebrochenem Flügel aufgelesen. Sie hatte den Stachel der Wespe, die mich gestochen hatte, mit den Fingernägeln herausgezogen. Dann hatte sie meinen Finger in den Mund genommen und daran gesaugt. Das Gift hatte sie ausgespuckt. Ich wagte nicht einmal zu atmen.

Wir konnten kaum ein paar Worte stammeln, als sie auch schon anfing, uns Lesen und Rechnen beizubringen. Unsere ersten Bücher, Blue, in denen wir sonntagnachmittags gemeinsam herumblätterten. Etwa in der Geschichte, die uns so faszinierte, von dem kleinen Jungen, der sich den Finger zu tief in die Nase gesteckt hatte. Seine Nasenflügel wurden so weit, dass sie sein Gesicht verdeckten. Seine Eltern erkannten ihn nicht mehr, und er musste von zu Hause fortgehen.

Der Geruch der Bibliothek, das grüne Plüschsofa, der Regen, der erste Sonnenstrahl, der uns zum Spielen aus dem Haus lockte.

Deine Mutter. Ihr langes Haar, blond wie deines. Ihre dunklen Augen, ihr strahlender Teint, ihr schrilles Lachen, ihre nach Seife und Spülmittel duftenden Hände, ihre sanfte Art, mit uns umzugehen, ihr Hinken, das sie mit einem so anmutigen Hüftschwung ausglich, dass es fast schon sexy wirkte. Sie war der Mensch, den du auf dieser Welt am meisten geliebt hast und den du wahrscheinlich am stärksten vermisst. Du bist ihr sehr ähnlich, Blue. Etwas größer, nicht ganz so sanft, etwas kantiger, und du hast die Augen deines Vaters, diese stechenden Augen, blau wie der Bergenzian, dunkel wie die Nacht.

Deine Mutter starb fünf Jahre, nachdem wir den Ort verlassen hatten. Und zwar an dem Tag, als *Vogue* mit deinem Gesicht auf dem Titelblatt erschien, das weiß ich noch ganz genau. Dein Vater hatte dich angerufen. Du hattest ihn reden lassen, seine Worte hatten immer erstickter geklungen: Sie habe die ganze Nacht gehustet, das habe ihn gestört und er habe im Wohnzimmer auf dem Sofa geschlafen. Irgendwann im Morgengrauen sei sie verstummt. Da sei er dann eingeschlafen, und als er ihr am Morgen den Tee bringen wollte, habe sie gegen die Wand gelehnt im Bett gesessen, die offenen Augen bereits gebrochen. Lungenödem, Herzstillstand, habe der Arzt gesagt. Dein Vater hatte hinzugefügt: »Marian … Nine … Wenn du wüsstest, wie mir das leidtut … Es tut mir so leid …« Niemand nannte dich noch so, vielleicht hatte das den Schmerz in dir geweckt.

Du hattest dich zusammengekrümmt, als hätte man dir mit der Faust in den Magen geschlagen, dann bist du in Ohnmacht gefallen. Das Telefon blieb ausgehängt; ich hatte dich kurz darauf angerufen, wie ich es mehrmals täglich tat. Du bist nicht drangegangen. Ich malte mir schon das Schlimmste aus, eilte nach Hause, so schnell ich konnte. Du warst immer noch bewusstlos, als ich kam. An jenem Morgen hatte ich Angst. Wie Marcus es aufnahm, als man ihn von meinem Tod in Kenntnis setzte, und du, als man dir mitteilte, deine Mama sei gestorben – den Menschen steht nur eine begrenzte Zahl an Reaktionen zur Verfügung. Sie krümmen sich zusammen, fallen um, weinen, stehen wieder auf, wenn sie können, oder sterben ebenfalls.

Vor dem Grab deiner Mutter kauerst du dich nieder und schlägst die Hände vor die Augen … Als du klein warst, hast du dich oft in dieser Haltung hingehockt. Du konntest eine Stunde lang so ausharren und einen ganzen Comic lesen, ohne dich zu bewegen. Vom Alter bist du bisher nur zart gestreift worden und – von ein paar Kratzern einmal abgesehen – auf wundersame Weise verschont geblieben. Es hat dich nicht rosten lassen, hat weder deinen Muskeln noch deinen Gelenken etwas anhaben können. Als sie so alt war wie du, wusste deine Mutter nicht, dass ihr nur noch fünf Jahre vergönnt waren. Denkst du manchmal darüber nach, dass die Leute um dich herum sterben, während du immer noch ganz die Alte bist? Als sei die Zeit stehen geblieben.

Irgendwann löst du die Hände von deinem Gesicht. Du betrachtest die Grabplatte. Der Name ist halb vom Schnee verweht. Du ziehst deinen Handschuh aus und reibst mit der nackten Hand über den Stein. *Margaret Maria Pia, in tiefer Trauer: Dein Ehemann und Deine Tochter*. Du streichst zärtlich über ihr Geburtsjahr, 1930, und dann über ihr Todesjahr, 1982. Du stehst auf. Youza legt dir den zerkauten Ast zu Füßen und wedelt mit dem Schwanz, aber eine Handbewegung von dir genügt, um ihr zu verstehen zu geben, dass das jetzt nicht der rechte Augenblick zum Spielen ist.

Du siehst dich um. Einige Grabsteine sind alt, andere hast du noch nie gesehen. Die Gesichter der kleinen ovalen Fotos auf den Gräbern scheinen dich zu rufen, dich zu grüßen; du erkennst diejenigen wieder, die gestorben sind, als wir noch hier gewohnt haben. Du gehst zwischen den Gräbern der später Verstorbenen umher, den Gräbern von Tony, dem Schuster, Francesca, der Hebamme, die uns auf die Welt gebracht hatte, Léonidas, dem Bürgermeister, und dem Mesner, wie war noch einmal sein Name? Du beugst dich vor, um nachzuschauen, Bruno, ja genau. An jenem Tag, als wir am Glockenseil hingen und mehrere Meter in die Luft gehoben wurden, während Bruno lachte wie der Bucklige, der er ja schließlich auch war, hatten wir Todesängste ausgestanden.

Du zögerst, dann gehst du auf dieses Grab zu, das uns immer so unheimlich war. Es liegt ein wenig abseits von den anderen, wir haben nie so recht erfahren, warum. Ein Engel mit gebeugtem Lockenkopf in einem winzigen, von einem Gitter umgebenen Garten. Der Lavendel, die Margueriten und die Stockrosen sind ganz schwarz und bröselig von der Kälte. Maries Spielzeug ist verschwunden. Ihre Eltern brachten ihr immer Geschenke an Weihnachten, aber der Platz unter dem Engelsflügel ist jetzt leer.

Selbst tote Kinder altern irgendwann.

Du gehst auf unser Familienheiligtum zu, diese große, den Friedhof überragende neoklassizistische Kapelle mit dem Tor aus kannelierten Säulen. Alle D'Ombras liegen hier begraben. Du gehst hinein, drinnen ist es kälter als draußen, der Marmorboden ist mit Glatteis bedeckt, du gerätst ins Straucheln, wärst beinahe hingefallen. Du hast dich heftig an etwas gestoßen, als du dich an der Wand abstützen wolltest, dein ganzes Gewicht landet auf dem Handgelenk, du rappelst dich mehr recht als schlecht wieder auf. Unwillkürlich reibst du dir die Hand, ohne weiter darüber nachzudenken. Youza wühlt im Schnee, du drehst dich um, sie hat eine Fährte aufgenommen. Sie hebt den Kopf in deine Richtung und fiept ganz leise. Das Licht in der Kapelle ist weiß, kalt, stechend. Dir wird schlecht davon. Dir brummt der Schädel. Du siehst dir die Namen an. Zunächst den meines Vaters, Giacomo Laurent Maria D'Ombra, dann gleich darunter den meiner Mutter, Éléonore Mathilde Orgel D'Ombra. Dann den meinen, Nunzio Emmanuel Maria D'Ombra. Du wolltest es nicht glauben, und zugleich hast du es erwartet. Und doch, zu wissen, dass ich hier liege, wie du es dir in deinen schwärzesten Stunden ausgemalt hattest, trifft dich härter, als du dir vorstellen konntest. Deine Gedanken schweifen ab, entfernen sich weit von dir. Du tust nichts, um sie zurückzuhalten. Wie Blätter eines Baumes stieben sie auseinander, wie Schmetterlinge, vom Wind davongetrieben. Du bleibst stehen, spürst nicht mehr die Kälte, spürst gar nichts mehr.

Du siehst mich wieder nahe bei dir stehen, als wir nach diesem so traurigen Sommer von der Ferienkolonie nach

Hause kamen, wo wir erfuhren, dass Marie nicht mehr mit uns spielen würde, und begriffen, dass sie unsere Abwesenheit ausgenutzt hatte, um uns für immer zu verlassen.

Wir waren gebräunt vom Meer und der vielen frischen Luft. Die Haare glänzend, ein Schwanenflaum auf der straffen Haut. Beide gleich groß, beide gleich proportioniert, und wie zum krönenden Abschluss unserer Kindheit, die so schnell vergeht, ganz strahlend und sauber.

Dann siehst du Marie vor dir, wie sie dort lag, und mich, der fest deine Hand hielt. Wir hatten das unbestimmte Gefühl, sie mache uns Vorwürfe. Ihre Eltern hatten uns gesagt: »Gebt ihr einen Kuss, sie ist nur eingeschlafen.« Wir wollten das nicht. Wir wussten schon alles. Marie würde noch ein paar Tage sich selbst ähnlich sehen, dann würde sie gar nichts mehr ähnlich sehen.

Alle Kinder wissen, was sie nicht wissen sollen, was die Erwachsenen ihnen verbergen, was am meisten wehtut. Sie wissen instinktiv, was Tod bedeutet; sie heben den Kopf und wittern das Schlimmste, üble Geheimnisse, perverse Neigungen, verdorbene Herzen. Aber sie wissen nicht, wie sie sich davor schützen sollen.

Nach Maries Tod wurdest du unruhig und konntest nicht mehr schlafen. Wir blieben zwei Monate am Meer, der Arzt hatte dich in der festen Überzeugung dorthin geschickt, es werde deine Angina heilen, die jodhaltige Luft wäre gut für deinen Hals, und vielleicht würde die

Mandeloperation dann gar nicht mehr nötig sein. Meine Eltern hatten auch mich hingeschickt, damit ich dir Gesellschaft leistete.

Aber kaum waren wir dort, wurden wir auch schon getrennt: Die Mädchen zu den Mädchen und die Jungen zu den Jungen. Wir sahen uns nur bei den Spaziergängen, beim Bad am Nachmittag, wenn wir eine Brotzeit bekamen, ein Stück Nussschokolade zwischen zwei dicken Scheiben Brot.

Bei diesen kurzen Begegnungen hast du dich bemüht, heiter und ausgeglichen zu wirken. Du hast mir etwas vorgemacht. Ich habe ganz genau gespürt, dass du nicht mehr du selbst warst. Woche um Woche wurde deine Angst stärker, du bekamst allmählich Augenringe. Du warst vorher schon dünn, aber in diesen Wochen wurdest du besorgniserregend mager. Ich war nur ein kleiner Junge, ich konnte nichts sagen, nichts tun. Eines Tages sprach ich beim Baden mit der Betreuerin, der jungen Frau, die für deine Gruppe zuständig war, und die dich sehr gern zu haben schien. Sie nahm dich oft auf ihren Schoß, ließ dich Briefe an deine Mutter schreiben und brachte dir das Zeichnen bei. Eine Kuh, eine Blume, Bäume, Wolken.

Sie hatte mir versprochen, auf dich aufzupassen und fragte mich mit einem kleinen verschmitzten Lächeln, ob du meine Freundin wärest. Ich erinnere mich, dass mich die Frage völlig umgehauen hat: Für mich warst du meine Zwillingsschwester, ein Teil meines Herzens.

Während sie mit mir sprach, sah ich dich unweit vom Ufer entfernt alleine schwimmen; die anderen Mädchen spielten zusammen, Schwärme kleiner silbriger Fische in den Wellen. Deine Isolation bestürzte mich, aber ich konnte nicht ahnen, was dich so melancholisch machte. Du hast mich gesehen, hobst die Hand, um mir zu winken, dann nahmst du deine langsamen Schwimmzüge wieder auf. Der Sand war sehr heiß, brannte an den Sohlen. Ich sprang ins Wasser, holte dich ein und schwamm brav an deiner Seite, ohne dich etwas zu fragen. Ich ließ die Betreuerin einfach stehen, denn mir war klar, dass sie dir in keiner Weise helfen konnte, warum, wusste ich nicht so recht. Sie war zwar noch jung und daher ziemlich nah an uns Kindern dran, aber wie durch eine unsichtbare Mauer von uns getrennt, einfach weil sie schon erwachsen war.

Wie soll man beschreiben, welche Qualen du in dem Sommer ausgestanden hast, den wir in dem verfluchten Ferienlager verbracht haben?

Dieser scharfe Wind, der in die weißen Planen auf dem Sand fuhr und sie straffte. Diese kalte Sonne nach dem Sturm, das seltsame Gefühl, dass alles zu klar war, zu scharf. All diese spielenden Kinder, ihre ausweichenden Blicke. Liegestühle zur Stunde der Siesta, im Schatten alter verschlissener Sonnenschirme, schlüpfrige Träume hinter geschlossenen Lidern. Das Gefühl, verlassen worden zu sein.

Es gab ein Mädchen, das immer Hand in Hand mit

dir spazieren ging. Dieses Mädchen hatte Augen wie Schlitze, einen gequälten Zug um den Mund und glänzende Wangen. Es war ein großes Mädchen, sie war mindestens dreizehn.

Miriam.

Mir fiel auf, dass sie sich immer in deiner Nähe aufhielt, sich über deine Schulter beugte, dir die Haare aus dem Gesicht strich, dir was weiß ich für Geheimnisse ins Ohr flüsterte. Ich sah, wie sie dich auf die Wangen, die Stirn, die Augen küsste. Einmal sogar auf den Mund. Ich fand es seltsam, dass du sie dir zur Freundin gewählt hattest. Die anderen Mädchen, ob sie nun hübsch waren oder nicht, waren Kätzchen, Eichkätzchen. Küken. Sie dagegen war ein Marder im Hühnerstall.

Ich versuchte, mich zu beruhigen und sagte mir: Wenn du die ganze Zeit mit ihr spielst, und zwar nur mit ihr, dann musst du sie wohl sehr gern haben. Dass du so müde und bedrückt wirktest, redete ich mir klein, indem ich mir sagte, dass ich ja doch vielleicht ein klitzekleines bisschen eifersüchtig war.

Erst an dem Tag, als wir in diesem Bus voller herumtobender, dreckiger, aufgekratzter, lärmender und überdrehter Kinder nach Hause fuhren, mit Taschen voller getrockneter Seesterne, die Finger klebrig von Limonade und Tee, hast du dich neben mich gesetzt. Langsam hast du mir alles erzählt und dabei aus dem Fenster geschaut.

Miriam kam jede Nacht zu dir in dein kleines Bett gekrochen, im Schlafraum, sobald die Lichter gelöscht, die Gebete verrichtet und die Geschichten zu Ende waren, die man uns über Lautsprecher vorlas. Sie kletterte auf dich drauf, streichelte dich, während sie dir mit ihren Schauermärchen Angst machte, mit Geschichten von ewiger Verdammnis und toten Bischöfen, die dich holen kämen, sobald du irgendjemandem etwas erzählen würdest. Die anderen Kinder tuschelten. Du wurdest ausgegrenzt, niemand sprach mehr mit dir. Die junge Frau, die euch betreute, hat nie etwas bemerkt. Ich konnte nichts für dich tun. Du hast diese Sommerferien bis zum Schluss durchgestanden, allein und zerfressen von Angst.

Du warst noch ganz klein, Blue, als du fast ganz zu essen aufhörtest. Deine Mutter brachte dich höchstens noch dazu, ein paar Stückchen Brot mit Olivenöl und Salz hinunterzuwürgen, die Krumen hast du in einen Suppenteller gebrockt und dann endlos darauf herumgekaut. Ein Apfel, Brot, Öl, Salz, das war vollauf genug. Alles andere war zu viel. Trotzdem bist du gewachsen, du warst größer als ich und so zart. Ganz nackt sahst du aus wie ein Wiesel, mit deinen Rattenschwänzen. Diese Komödie, wie deine Mutter es nannte, dauerte Jahre, aber als man erkannte, dass du zwar immer noch sehr zerbrechlich warst, aber doch größer wurdest, ließ man dich in Ruhe. Du bist gewachsen, ganz wie du es wolltest, fast losgelöst von der Erde, auf Zehenspitzen, die Nase nach oben gereckt.

Deine Mutter machte sich viele Gedanken um dich. Wenn man ein Einzelkind ist, konzentrieren sich alle Sorgen und Ängste auf einen.

Sie hatte spät geheiratet, dein Vater hatte sie lange umgarnt. Er sah ein bisschen aus wie James Stewart in den Filmen von Capra: nett, beharrlich, leidenschaftlich. Er wohnte noch bei seiner Mutter und keiner konnte ihm irgendwelche Frauengeschichten nachsagen. Es war ihm gelungen, sie zu überzeugen. Sie hatte kapituliert, in der Hoffnung auf eine friedliche Ehe, einen zuvorkommenden, geduldigen Mann. Auf das sorglose Zusammenleben mit einem intelligenten Menschen.

Es gab keine Hochzeitsreise, denn die Hochzeit wurde mitten im Schuljahr gefeiert. Dein Vater hatte ihr versprochen, sie nachzuholen. Er besaß ein kleines Haus am Dorfrand, in Waldesnähe, und nach einer sehr einfachen Feier führte er seine Frau zu sich nach Hause. Seine Mutter – also deine Großmutter, Blue, an die du dich gar nicht mehr erinnerst – hatte ihn freundlicherweise bei sich aufgenommen. Aber sie war eine harte, sauertöpfische Frau. Es zeigte sich schon bald, dass sie sehr verbittert, frömmlerisch und eifersüchtig war. Unter dem Deckmantel der Frömmigkeit war sie von einer unbeugsamen Strenge, die aber nur ihre Mitwelt traf. Um ihrem Sohn das angedeihen zu lassen, was sie für eine gute Erziehung hielt, gab sie ihm ständig das Gefühl, sie sei mit ihm unzufrieden, schimpfte ihn einen verantwortungslosen Menschen, wofür er sich täglich rechtfertigen musste.

Er musste den ewigen Jugendlichen spielen, den liebenden Sohn, das Geschenk des Himmels, ihre Stütze im Leben – und das war wahrscheinlich noch lange nicht alles. Eine Schwiegertochter passte ihr gewiss nicht in den Kram. Deine Mutter, Blue, war keine Scheinheilige. Sie hatte Charakter und ließ nicht alles mit sich machen, auch wenn sie anfangs bei dem düsteren Schauspiel, das ihr da geboten wurde, nur Zuschauerin war.

Dein Vater hatte seiner Mutter Kontra gegeben. Er hatte sie angefleht. Hatte gebrüllt, getobt und Türen hinter sich zugeknallt. Er hatte versucht, sich ihre Gunst zu erkaufen, aber jedes Geschenk zog nur einen ganzen Rattenschwanz von Vorwürfen nach sich, führte nur zu wachsender Frustration. Dann wurden sie alle von einer Art Müdigkeit befallen. Die Rivalität zwischen den beiden Frauen äußerte sich in zahllosen Bosheiten und Gemeinheiten, die umso grausamer waren, als sie alle aus dem Hinterhalt erfolgten.

Eines Tages, als er von der Schule nach Hause kam, saß seine Mutter heulend in der Küche, von Kopf bis Fuß durchnässt, und seine Frau, die sich am Rande des Nervenzusammenbruchs befand, hatte sich in ihrem Zimmer eingeschlossen und weigerte sich herauszukommen. Als deiner Mutter bei einer weiteren ihrer zahllosen Streitereien die Argumente ausgegangen waren, hatte sie deiner Großmutter eine riesige, mit Lourdes-Wasser gefüllte Flasche in Form der Jungfrau Maria über den Kopf gekippt. Da musste dein Vater notgedrungen zu extremen Maßnahmen greifen: Er ließ mitten im Haus eine Mauer hochziehen. Das blieb nicht lange so, denn deine Großmutter zog zu einer ihrer Schwestern, die in der Stadt wohnte, und war sauer auf alle. Sie ließ immer seltener etwas von sich hören, aber niemand beschwerte sich darüber, und als sie ein paar Jahre später starb, gab es kaum jemanden, der sie vermisste. Ich kannte die Geschichte, weil meine Eltern bei Tisch offen darüber sprachen, wenn sie unter sich waren, und gar nicht merkten, dass ich ganz nah bei ihnen saß und spielte. Nach außen machte ich einen gleichgültigen, zerstreuten Eindruck, ich verstand nicht alles, manches reimte ich mir auch falsch zusammen. Aber mit der Zeit ergab sich ein vollständiges Bild.

Unsere Mütter liebten sich. Sie waren nahezu gleichaltrig, und das verband sie sehr; selbst wenn Mama den Eindruck erweckte, kälter und reservierter als deine Mutter zu sein, so waren sie doch beide bekannt für ihre Sanftheit, ihre Freundlichkeit und ihre große Liebe zu Kindern. Sie verbrachten jeden Tag viel Zeit miteinander, vertrauten einander ganz selbstverständlich ihre Sorgen an. Auf diese Weise erfuhr ich vieles, das nicht für meine Ohren bestimmt war.

Dein Vater, der deine Mutter ja so unbedingt hatte haben wollen, der ihr aufs Charmanteste den Hof und viele Versprechen gemacht hatte, hatte angefangen, sich von deiner Mutter zu lösen, noch bevor du auf die Welt kamst, Blue. Sie begriff nicht, was sie getan, womit sie diese Abkehr verschuldet haben sollte. Erst küsste er sie nicht mehr, und irgendwann schlief er nicht mehr mit ihr. Er wurde immer spröder, immer schroffer, wie von innen heraus zerfressen, hatte sich völlig in sich und seine düstere Innenwelt verkrochen; weder deine Mutter noch ich erfuhren je, wovor er eine so abgrundtiefe Abneigung gehegt hat.

Ich habe keine Ahnung, was ihm so zu schaffen machte. Obwohl ich ein scharfes Gespür für alles Sündhafte hatte, eine Art sechsten Sinn für das Böse, habe ich trotzdem nie verstanden, was ihn zerstört hatte. Alles spielte sich im Verborgenen ab, bei dir zu Hause. Wenn deine Eltern zu uns zum Abendessen kamen, riss dein Vater sich zusammen und gab sich leutselig, fröhlich und zuvorkommend. Jeder Außenstehende konnte meinen, das Leben sei schön, und alle seien glücklich.

Über Jahre bestand das Leben deines Vaters nur aus seinem mit Büchern vollgestopften Einzimmerapartment und seinen Unterrichtsstunden. Er schloss sich tage- und wochenlang in seinem Büro ein. Manchmal, zum Beispiel in den großen Ferien, an Weihnachten oder Allerheiligen, flüchtete er für zwei oder drei Tage in die Stadt. Wenn er zurückkam, war er ein wenig ruhiger, aber auch schwermütiger. Schließlich unternahm er auch keine Ausflüge mehr, und eines Tages, Blue, an einem Tag, den du nie vergessen wirst, explodierte er. Und auch wenn das Leben im selben Trott weiterging, selbst wenn sich äußerlich nichts verändert hatte, wusstest du Bescheid. Die Normalität begann sich zu zersetzen.

Es war immer dasselbe. Dein Vater wurde unberechenbar. Mal verzweifelt, mal verstört, aber das mit einer gewissen Regelmäßigkeit. Immer wieder kam seine Brutalität durch, denn dein Vater war ein strenger, gewissenhafter Mann. Er verfolgte dich, wenn du aus dem Haus gingst, zunächst heimlich, später vor aller Augen. Morgens, wenn du vor der Schule beim Frühstück saßest, beobachtete er dich ganz genau, er beschnupperte dich, und wenn ihm etwas nicht passte, bliebst du zu Hause. Einmal passte er dich vor dem Schulzaun ab. An dem Morgen warst du abgehauen, hattest dich klammheimlich in aller Frühe davongeschlichen, noch bevor er aufgewacht war. Du hattest dich am Waldrand herumgetrieben, bevor die Schulglocke ertönte. Als Kind bist du oft im Morgengrauen durch die Wälder gestreift, und an jenem Tag sehntest du dich nach deiner verlorenen Freiheit zurück, ohne zu verstehen, warum alles nicht wieder wie früher sein konnte. Schließlich machtest du doch nichts Böses. Er konnte dir das nicht übel nehmen, dachtest du. Ein großer Irrtum, meine Hübsche. Die Regeln waren umgeschrieben worden. Er holte dich nach Hause zurück, indem er dich mit Faustschlägen vor sich her trieb, dich an den Haaren weiterzog. Wieder war eine Grenze überschritten worden, von der es kein Zurück mehr gab.

Die Zeiten haben sich geändert. Heute wäre es nicht mehr möglich, sich so aufzuführen. Nicht in der Öffentlichkeit. Aber im Verborgenen hat sich nichts geändert. Väter schlagen ihre Kinder. Ehemänner ihre Frauen. Nicht vor allen anderen. Die Türen sind jetzt geschlossen.

Ich war der Einzige, der dir da heraushelfen konnte. Ich befreite dich aus deinem Kerker und trat dabei so autoritär auf, als hätte ich irgendetwas geahnt. Tatsächlich hatte dein Vater Angst vor mir. Ich wusste nichts, ich vermutete nur. Diese Marter, dieser Wurm, der an ihm fraß, der sein und dein Leben zu einem Leidensweg machte, war das etwa nicht seine Entscheidung gewesen? Hatte er sich nicht für das Schlimmste entschieden, war er nicht dem Ruf der Leere gefolgt?

In diesen höllischen letzten drei Jahren vor deiner Flucht, vor unserem neuen Leben, war er stark abgemagert. Seine Kleider schlotterten ihm um die Schultern, die wie Kleiderbügel wirkten. Seine Hosen beulten sich aus. Seine Augen lagen tief in ihren Höhlen, ein gelbes Licht im Dunkel der Wolken, die sich darin zusammenballten; und sein Blick wurde glühend, er leuchtete, wenn er auf deinen Körper, auf dein Gesicht fiel. Seine Augen folgten dir unablässig, wenn du Hand in Hand mit mir über die Straße gingst, verfolgten dich bis zum Schluss.

Unterdessen bist du oft fast schon glücklich gewesen. Du hast die große Fähigkeit besessen, zu vergessen, einfach weiterzuleben. Das Leben ging weiter. Deine große Leidenschaft galt den Tieren. Grashüpfer, Marienkäfer und Libellen zählten zu deinen Lieblingstieren. Mich faszinierten nur die Kaulquappen und die Bombardierkäfer. Du kanntest die Namen der Schmetterlinge, die zarten Aurorafalter, weiß mit orange, die an den ersten Sonnentagen herauskamen, den schwarzen Trauermantel mit den blau gepunkteten Flügeln und den zitronigen Rändern, den C-Fuchs, der aussieht wie eine winzige Fledermaus. Manche Namen gefielen dir, du hast sie immer wieder aufgesagt, wie Abzählreime: Sechsfleck-Widderchen, Kohlschnake, Apfelwickler, Holzschlupfwespe, Kohlweißlings-Raupenwespe. Ich hatte ihre Namen so oft gehört, dass ich mich am Ende auch mit ihnen auskannte.

Die Eidechsen hast du mit deinen zarten Fingern am Hals gepackt, ohne sie zu verletzen. Du hast sie dir angeschaut, sie gestreichelt, und dann wieder freigelassen. Wir füllten einen kleinen Drahtkäfig, den Marcus uns gebaut hatte, mit Glühwürmchen. Abends hängten wir ihn an einen Ast in der Linde. Bevor du schlafen gingst, machtest du die kleine Tür auf und ließest sie frei. Die Insekten klammerten sich an das lange feuchte Gras, dann flogen sie davon. Auf dem dunklen Weg, der in den Wald führt, sah man sie fast schon wie Wolken davoneilen, mit den Nachtwesen tanzen, den Elfen und Feen, an die wir alle beide glaubten, seit du ein paar von ihnen gesehen hattest.

Ich weiß nicht mehr, wie alt wir waren, als es geschah. Du lagst im Bett, niedergestreckt von einem dieser Fieberanfälle, die du im Sommer immer bekamst.

Eines späten Nachmittags, an dem es sehr heiß gewesen war, kam ich dich mit neuen Spielsachen besuchen. Das Fieber war gefallen. Du trankst gerade einen Tee und sahst mich mit glänzenden Augen über deine Schale hinweg an. Ich sollte die Tür schließen, und dann fragtest du mich, ob ich ein Geheimnis für mich behalten könnte. Du erzähltest mir, was du gesehen hattest. Du hattest gerade Mittagsschlaf gehalten, als die Tür aufgegangen war. Von dem Geräusch warst du aufgewacht. Du hattest den Kopf zur Tür gedreht, aber da war niemand gewesen. Dann hattest du sie gehört: zuerst ein leises Brummen, wie Gemurmel, dann ihre Glöckchen. Sie waren hereingekommen. Es waren gut und gerne ein Dutzend gewesen. Sie waren nicht mal einen Meter groß gewesen, du hast es mir mit der Hand gezeigt, ihre Köpfe reichten dir gerade mal bis zum Gesicht. Sie hatten sich rund um dein Bett aufgestellt und dich mit ihren kleinen, ernsten und wimpernlosen Augen angesehen. Sie hatten dich nicht berührt, hatten nicht mit dir gesprochen. Da war nur dieses Glöckchengebimmel gewesen. Die Wesen waren von grünbrauner Farbe, bedeckt mit Moos, Laub, Baumrinde, Vogelfedern und Flaum. Sie rochen nicht schlecht, nur eben nach dem Unterholz im Herbst, nach verrottetem Laub. Ihre Finger endeten in Kneifern, ihre Glieder waren stark und knotig. Du wusstest nicht, welchem Geschlecht diese Wesen angehörten. Vielleicht, so erzähltest du mir lachend, waren ja auch Mädchen darunter, aber sie waren zu behaart, als dass man das hätte erkennen können. Du hast keine Angst vor ihnen gehabt, bist aber wie gelähmt gewesen. Erst als die Wesen wieder fort waren, konntest du nach deiner Mutter rufen. Sie kam mit ganz zerzausten Haaren zu dir geeilt, denn sie hatte auch gerade einen Mittagsschlaf gemacht. Sie wollte wissen, ob es dir schlecht gehe, ob du sie gesucht hattest, denn du warst ja offenbar aufgestanden. Du hast nicht darauf geantwortet. Vor der Ankunft der Waldwesen war die Zimmertür fest verschlossen gewesen.

Du seufzt. Du siehst dich um, bist erstaunt, immer noch in der Kapelle zu stehen, vor meinem Grab. Du hattest alles vergessen, wo du warst und welche Jahreszeit wir hatten; auf deinem eingefrorenen Gesicht sind die Tränen zu Eis erstarrt. Du reibst dir die Wangen, zwickst sie, damit wieder Blut hineinfließt – wie bleich du bist, mein Schatz! Du streckst die Hand vor, öffnest sie und legst sie flach auf mein Todesdatum. Dann drückst du deine Wange auf den Marmor, an meinen Namen, und so bleibst du stehen, mit geschlossenen Augen, die Kehle zugeschnürt von bebenden Schluchzern. Du hast das Gefühl, dass du ohne großes Bedauern so einschlafen und nie wieder aufwachen könntest. Du bist so erschöpft, dass dir das plötzlich als die beste Lösung erscheint. Abzuwarten, bis die Kälte dich holen kommt. Nicht alleine weiterzumachen. Nie wieder Schmerzen zu haben. Nie wieder zu weinen. Dann kommt Youza besorgt angetappt, zupft an deiner Kleidung herum, und da du dich nicht bewegst, auf ihre zärtlichen Avancen nicht reagierst, fängt sie an zu bellen, und zwar so laut, dass der Bann gebrochen ist, so laut, dass die entsetzten Toten sich die Ohren zuhalten. Du schaust sie an, um sie zu beruhigen, lächelst sie an, denn du kannst nicht sprechen. Du lächelst durch die Tränen hindurch, die dir zwischen den Wimpern hervorperlen, die deine Augenringe füllen und die die grauen Furchen, die sie rund um die Nase gegraben haben, hinunterlaufen. Sie laufen dir in den Mund, und du schluckst sie hinunter, zusammen mit dem Rotz, der dir aus der Nase läuft. Du lächelst Youza an, und als ich dein jämmerliches Lächeln sehe, würde ich alles geben, um zurückzukommen, dich in den Arm zu nehmen, dir die Nase zu putzen, dir ins Ohr zu flüstern, dass es nicht wahr ist und ich dich nicht verlassen kann, dass es keinen Tod gibt und ich immer bei dir sein werde.

Aber du lächelst sie an, du streichelst sie und gehst hinaus, ohne dich umzudrehen.

Vom Friedhof zum Café ist es ein weiter Weg. Der Schnee unter deinen Füßen ist schwer. Plötzlich wird es wärmer. Der Wind, der die Schneeflocken umherwirbelte, hat sich gelegt. Nur leichte Kristalle fliegen zum Himmel und sinken wieder zu Boden. Youza streckt die Zunge heraus, sie hechelt müde. Zu viele neue Reize für die Sinne, zu viele Empfindungen seit heute Morgen. In der Stadt gibt es nur die Gerüche der öffentlichen Anlagen, die Spaziergänge im Park, falls du Zeit dazu hast. Hier aber riecht es nach Tieren, die sie noch nie gesehen hat, gibt es unbekannte Düfte. Alles ist anders, selbst du, Blue. Deine Kleider, dein Schlaf, das Haus, in dem ihr übernachtet habt. Es riecht nach dem kleinen Mädchen, das einst dort gewohnt hat, und das du nicht mehr bist. Es riecht nach dem Mann, der die Nacht auf dieser Bank vor dem Haus verbracht hat, ein vertrauter Geruch, in dem Youza eine Verwandtschaft wittert, die sie verwirrt; es riecht nach einem netten Mann, und zugleich stinkt es nach einem Mann, der tötet. Während du im Wald spazieren gehst, fragst du dich, wo deine kleinen haarigen, mit Laub und Rinde bedeckten Freunde hin sind. Du hast sie nie wiedergesehen. Du fragst dich, ob ich sie wohl sehen kann, dort, wo ich jetzt bin.

Nein, Blue. Ich sehe gar nichts. Ich begleite dich, ich bin nur eine Kamera, die deinen Schritten folgt, die in deinen Gedanken liest, die dich immer noch von ganzem Herzen und mit Schmerzen liebt, mit der Kraft meiner ohnmächtigen und erzürnten Seele. Was ich im Laufe meines Lebens angehäuft habe, ist alles noch da. Die Erinnerungen, die Gedanken, auch die Liebe.

Mein Körper dagegen …! Der war nicht mehr zu erkennen, nachdem man ihn schließlich rausgefischt hatte. Meine Haut, mein Blut, meine Hände, meine Füße, meine Augen, meine Ohren, meine Nase, diese ganze wundervolle Maschine, die so herrlich war, solange sie noch atmete, sah nur noch aus wie ein großer gestrandeter Fisch.

Wäre ich unter anderen Umständen gestorben, hätte man mich wahrscheinlich anhand meiner Kleidung identifizieren können, anhand meiner hochwertigen maßgeschneiderten Anzüge, aber als ich zum letzten Mal aus dem Haus ging, trug ich eine Art Pyjama, den ich einmal von einer Orientreise mitgebracht hatte. In der sehr weiten Hose und dem kragenlosen Hemd sah ich eher wie ein Alt-68er aus, eher wie einer dieser Kerle, die am Rande der Gesellschaft leben, als wie ein modisch gekleideter, wohlhabender Architekt. Jedenfalls dachten das die Polizisten, bis sie den Betrag des Guthabens entziffert hatten, den sie auf dem Kontoauszug in einer meiner Taschen gefunden hatten. Viel mehr konnte man nicht mehr darauf erkennen, mein Name und meine Adresse waren nicht mehr zu entziffern. Außerdem hatte ich eine Stunde vor meinem Tod auf der Rückseite ein paar Notizen gemacht, die noch lesbar waren:

Shisen-dô. »Geist des Gartens der Langsamkeit«.

Unglaublich gut: Utatane (Nickerchen).

Mit Andy Goldsworthy und Lothar Baumgarten ein Treffen vereinbaren. Genies.

In dem zusammengefalteten Stück Papier fand man die Überreste meines Lebens. Fragmente der Nummer des Bankkontos, das ich gemeinsam mit meinem Bruder besaß, waren erhalten geblieben. Es gelang ihnen, die Nummer zu rekonstruieren. Und so waren sie auf Marcus gekommen.

Warum riefen sie ihn an und nicht dich, Blue? Wahrscheinlich mussten sie das Nächstliegende tun, hatten keinen Zusammenhang mit der Vermisstenanzeige hergestellt, die du mit Alan aufgegeben hattest. Ich weiß es nicht. Der Telefonanruf, bei dem ihm mitgeteilt wurde, man habe meine Leiche gefunden – einen weißen Mann zwischen 45 und 50 Jahren, etwa 1,80 groß, helle Haut, blaue Augen, graues Haar, keine Tätowierungen oder sonstige besonderen Merkmale mit Ausnahme eines Dreiecks mit Leberflecken am Halsansatz –, hatte Marcus aus dem Schlaf gerissen. Ich weiß nicht, warum schlechte Nachrichten meist in aller Herrgottsfrühe eintreffen, wenn der Himmel sich geradezu programmatisch leichenfahl färbt.

Das erste Unwetter des Jahres hatte meinen Bruder in der Nacht immer wieder daran gehindert, ein Auge zuzutun; erst gegen halb sechs war er eingeschlafen und hatte sich mit wirren Träumen geplagt, in die sich das Heulen des Windes geschlichen hatte.

Dann hatte das Telefon geklingelt. Er hatte etwas gemurmelt und sich auf die andere Seite gedreht, Mama gebeten, den Wecker abzuschalten, ihn noch ein wenig schlafen zu lassen. Er hatte an diesem Morgen nicht die geringste Lust gehabt, zur Schule zu gehen. Als er die Hand ausstreckte, um das unerträgliche Gebimmel auszustellen, warf er das Wasserglas auf dem Nachttisch um. Mit einem Kloß im Hals war er genau in dem Moment aus dem Bett gesprungen, als das Glas auf dem Boden zerschellte.

Die Stimme im Hörer klang tief und rau, die Stimme eines Mannes, der schon lange auf den Beinen ist, eine Raucherstimme, die klang wie kalter Kaffee. Die Worte hörten sich heruntergeleiert an, waren aber sorgfältig gewählt:

»Ich habe schlechte Nachrichten. Ein Mitglied Ihrer Familie, Ihr Bruder, ist verschieden.«

Verschieden. Was die für Wörter haben …

Es ist schon seltsam, dieses Entsetzen und die Verblüffung, und der allererste Impuls, »nein« zu sagen, wenn man vom Tod eines Verwandten unterrichtet wird. Als könnten wir uns das nicht vorstellen. Als wäre das nicht von Anfang an vorhersehbar gewesen.

Marcus brauchte ein paar Minuten, bis er die Information verdaut hatte. Mein Bruder, der im Morgenrock im zugigen Flur stand, war in sich zusammengesunken, geschrumpft wie in einem Zeitrafferfilm. Man hatte ihn zu den Leberflecken befragt. Er hatte sie bestätigt; er hatte gefragt, ob er kommen und den Leichnam identifizieren müsse, als bestünde auch nur die geringste Chance auf einen Irrtum. Er hatte noch hinzugefügt, er werde einen DNA-Test beantragen. Man hatte ihm geantwortet, das sei nicht nötig und ihm den Namen und die Telefonnummer des Polizeibeamten gegeben, der sich um meinen Fall kümmerte. Dann war das Gespräch beendet.

Marcus blieb in dem Sessel auf dem Flur sitzen, unempfindlich gegen die Kälte, unempfindlich gegenüber allem. Er gab deine Handynummer ein, Blue, aber dann hielt er inne. Anschließend rief er im Polizeibüro an, ein Anrufbeantworter schaltete sich ein. Er hinterließ keine Nachricht.

Er legte den Hörer wieder auf. Ganz langsam, als sei etwas in ihm kaputtgegangen, ging er wieder nach oben auf sein Zimmer, ging ins Bad, pinkelte, holte seinen Rasierapparat heraus, und während er sich aufmerksam im Spiegel betrachtete, um sich nicht zu schneiden, das Gesicht voller Schaum, begann er zu weinen.

Es gab noch ein paar Fragen, die er nicht gestellt hatte. Als könnte er sich schon alles selbst zusammenreimen, als ob der Anrufer auf den Überraschungseffekt gesetzt hätte, in der Hoffnung, er werde es nicht wagen, zu fragen. Ob jemand wusste, wie das möglich war? Ob meine Leiche Spuren von Gewaltanwendung aufwies, und ob man in einem solchen Fall etwas feststellen könnte, obwohl ich doch so lange im Wasser gelegen hatte … Aber er rief den Polizeibeamten nicht an. Nicht sofort. Noch nicht. Nicht so.

Er ging ins Wohnzimmer hinunter. Entzündete in aller Ruhe ein großes Feuer im Kamin, legte eine CD von Bruce Springsteen ein. Nahm eine noch ungeöffnete Flasche Bourbon aus dem Schrank, holte ein riesiges Glas aus geschliffenem Kristall, schenkte es voll und leerte es auf meine Gesundheit. Der Pegel in der Flasche war schon beträchtlich gesunken, als ich ihn stammeln hörte: »Kleine Brüder sollten nicht vor den großen Brüdern gehen. Das ist nicht richtig, das ist nicht gut, kleiner Bruder. Einfach so abhauen, sag mal, spinnst du, oder was? Wer wird sich jetzt um Blue kümmern?«

Er schluchzte, brach immer wieder in Tränen aus. Er rauchte Kette. Betrachtete lange seine Hände, seine großen, schönen, braun gebrannten Hände, drehte und wendete sie. Er trank, aber er war immer noch nicht betrunken, als er aufstand, um zu telefonieren.

Meine Leiche kam im geschlossenen Sarg in Col de l'Ange an. Ich war kein schöner Anblick mehr, daher war ich auch nicht traurig, als ich sah, was sie da taten. Es war ein hässlicher Sarg, wie alle Särge, mit protzigen Griffen und Kissen aus falschem rosa Satin.

Was für ein widerwärtiges Geschäft so ein Bestattungsunternehmen doch ist. Die Leute machen ein zerknirschtes Gesicht, um den Trauernden ihre Stoffe, ihr Mahagoni und Grabsteine von absolut schlechtem Geschmack anzudrehen. Dieser letzte Obolus, den man für seine sterblichen Überreste entrichten muss, macht mich ganz fertig.

Wenn man bedenkt, dass dieses Dekor mich bis in alle Ewigkeit begleiten wird, wo ich doch viel lieber eingeäschert worden wäre … Ich hatte mir die Szene schon genau ausgemalt, ein nackter Felsen, Amis Tränen, vielleicht noch ein paar andere Liebhaber, die mich gern gehabt hatten. Es würde alles ohne böse Zwischenfälle verlaufen, die Asche würde niemandem von einem jähen Windstoß ins Gesicht geweht werden, man würde mich in den Wind streuen, dem Ozean anheimgeben, dem Himmel, der Unendlichkeit.

Bullshit! Letztlich hätte das nichts geändert, gar nichts. Das war wieder einmal nur meine sinnlose Eitelkeit gewesen, jetzt würde mich das eher amüsieren.

Mein Körper ist da, wo er hingehört, neben den Leibern derer, die ihn gezeugt haben, an der Seite ihrer sterblichen Überreste, die mittlerweile so leicht waren, dass selbst die Erinnerung schwerer wiegt als ihre leichten Knochen.

Bei der Beerdigung war Marcus allein in der Kirche. Der Priester segnete meinen Sarg mit den Worten: »Nunzio Emmanuel Maria D'Ombra, ruhe in Frieden.« Das scheint nicht funktionieren zu wollen.

Wenn ich doch nur mit dir reden könnte, Blue! Dir von hier aus ein Zeichen geben könnte, erzählen könnte, was in jener Nacht geschehen ist. Aber wie mir scheint, hat von euch dreien nur Youza meine Witterung aufgenommen, sie riecht mich, und was kann sie schon anderes machen als mit dem Schwanz wedeln und Marcus die Hand lecken, als er endlich kommt, Marcus, der jetzt schweigend vor dir steht.

Als ihr im Café angekommen seid, Youza und du, hat sie sich zwischen deine Beine gequetscht, das Stück Holz immer noch quer im Maul, und hätte dich dabei fast umgeworfen. Na, das wäre doch ein lustiger Auftritt gewesen! Du hast einen guten Tag in die Runde gewünscht, und die Leute haben dir geantwortet, indem sie den Blick abgewendet haben, genau wie gestern. Da hast du dich ganz nach hinten auf eine Bank geflüchtet. Du warst hungrig und durstig und hast bei Renée, der Caféinhaberin, deine Bestellung aufgegeben, einen Milchkaffee und Baguette mit Butter. Du warst ein bisschen zu früh dran. Froh, dich ein wenig ausruhen zu können, etwas Zeit zu haben, um Bilanz zu ziehen und tief durchzuatmen. Keine Chance. Marcus ist auch zu früh da. Der Hunger ist dir vergangen. Die Scheibe Baguette, in die du gerade beißen wolltest, legst du wieder zurück.

Er sieht dich an, ohne eine Miene zu verziehen. Sein kritischer Blick versucht sich nicht von deiner Schönheit beeindrucken zu lassen. Das bringt dich ganz aus der Fassung. Mich auch. Du glaubtest, mit diesen Schönheitsklischees nichts mehr zu tun zu haben, darüber weg zu sein … Nach all dem, was dir in deinem Leben widerfahren ist, hast du dich wenigstens daran gewöhnt. Und ich, der ich es gewohnt war zu sehen, wie dein Körper sich entwickelte, den ich oft nackt sah, denn zwischen uns gab es keine große Scham, nur dass wir eben wie Brüderlein und Schwesterlein waren, ich wusste auch nicht mehr weiter. Ich kannte dein Gesicht in- und auswendig, den sinnlichen Mund, die spitzen Wangenknochen … Wir wussten alle beide ganz genau – darüber hatten wir oft diskutiert –, dass die Leute schöne Menschen aus den falschen Gründen lieben und hassen. Sie lieben sie und nehmen ihnen gleichzeitig ihre Macht übel. Sie lieben sie, weil sie einen Vorteil haben, den sie ihnen selbst eingeräumt haben.

Die Schönheit öffnet uns Türen, die uns sonst verschlossen geblieben wären. Jedoch nicht alle. Du bist zu sehr mit dir selbst beschäftigt und viel zu verschlossen gewesen, wahrscheinlich ist dir das nie aufgefallen, Blue. Ich selbst hatte vergessen, welche Wirkung du auf andere ausübst. Selbst auf jene, die dich, wie Marcus, aus deinem kindlichen Kokon haben schlüpfen sehen. Auch er hat offenbar zu viel von dir geträumt. Und dich darüber vergessen.

Plötzlich kommt es dir so vor, als könntest du es nicht schaffen. Als würde dir das alles jedenfalls nichts mehr nützen. Und dann schmerzt dich auch der Blick dieses Mannes, du weißt nicht, warum er dir so wehtut, anders und viel stärker, als du dir das hättest träumen lassen. Du sagst nichts und stehst auf. Auch Marcus hat nichts gesagt. Du läufst schnell in Richtung Cafétür, Youza springt panisch auf und folgt dir. Sie vergisst sogar ihr Spielzeug; hatte geschlafen wie ein Stein, völlig erschöpft. In weniger als zehn Sekunden seid ihr beide auf und davon. Marcus bleibt noch eine Weile dort sitzen. Renée geht auf ihn zu. Sie spricht mit ihm. Er antwortet mit einem Schulterzucken, verliert unglaublich viel Zeit mit der Suche nach seinem Geldbeutel, findet ihn nicht. Jetzt ist es an Renée, mit der Schulter zu zucken.

Bis er herauskam, wart Youza und du schon verschwunden. Was geschieht, wenn man jemanden wiedersieht, den man geliebt hat, aber nicht genug, den man immer noch und trotz allem liebt? Obwohl er nichts von einem wissen wollte? Wer von euch beiden hat als Erster begriffen, dass er sich geirrt hatte?

Marcus hat dich von oben bis unten gemustert. Er sah eine Frau mittleren Alters vor sich, mit einem markanten, schmalen Gesicht. Einem Gesicht, das vergessen hat, wie es ist, sanft zu sein. Einen vermummten, angespannten, kantigen Körper.

Er sah diese Frau an, die ihm so viel bedeutet, bedeutet hatte, und du merktest, wie überrascht er war, plötzlich nichts mehr zu empfinden.

Du sahst diesen Mann vor dir an und fragtest dich, warum und wieso du ihn eigentlich nie gehabt hast. Fragtest dich, wo und seit wann du ihn verloren hattest.

Es weht jetzt ein heftiger Sturm. Der Schnee, der in schrägen Böen fällt, verdunkelt das Licht der Straßenlaternen auf der Hauptstraße. Auf dem Weg, der in den Wald hineinführt, verschwindet eine einsame menschliche Gestalt im Halbdunkel, scheint mit dem Unwetter zu verschmelzen. Einen Augenblick lang glaubt Marcus, in dieser flüchtenden Gestalt seinen kleinen Bruder zu erkennen. Dann sagt er sich, dass er jetzt wohl langsam verrückt wird, und stürmt los, um mir in den Wald zu folgen, der schwarzweiß ist und vereist.

Du kämpfst dich voran, Blue, in dem Sturm, der den Tag zur Nacht werden lässt. Der Wind peitscht dir ins Gesicht, du siehst kaum noch etwas in der kalten Dampfwolke, die sich zwischen Nase und Augen bildet. Du spürst nur, dass Youza dich nicht im Stich lässt. Geräuschlos läuft sie vor dir her. Du hast keine Lust umzukehren und nimmst den Weg nach Oursine, den, der zum Bach führt. Dort hast du vor langer, langer Zeit Susannah vergessen. Du bist oft hierher zurückgekommen. Jedes Mal hast du irgendwie gehofft, deine Puppe dort wiederzufinden, und jedes Mal warst du todtraurig, dass sie nicht mehr da war.

Du strauchelst, wärst fast hingefallen. Deine Stiefel sind durchweicht. Dir ist heiß und kalt zugleich. Du erinnerst dich nicht mehr, dass es dermaßen weit war, vielleicht ist es die Müdigkeit, der Schnee oder sonst etwas, du bist schon so lange nicht mehr dort gewesen. Sollten die Wege deiner Kindheit sich verändert haben? Wurden sie durch andere ersetzt, die du noch nie gegangen bist? Die Schneeflocken sind zu Eisregen geworden, der dir in die Haut sticht, du hast deinen Schal vergessen, vorhin im Café hattest du ihn noch … Du verlierst den Kopf in diesem Schnee, der unter deinen Füßen aufwirbelt, der deine Baskenmütze durchnässt und dir die Kälte in die Knochen treibt. Du kommst an eine Weggabelung, die du wiederzuerkennen glaubst, nimmst rechts den Weg zum Schloss. Du schaust in die Ferne, die Hände zum Visier geformt, und gibst dir alle Mühe, den dunklen Umriss der Ruinen oben auf dem Pass zu erkennen. Du möchtest am liebsten wieder zurück nach Hause, gehst aber weiter, ohne zu wissen, warum. Zielstrebig, halsstarrig, mit gesenktem Kopf.

Noch eine Wegscheide. Du bist völlig desorientiert. Zu deiner Beruhigung sagst du dir immer wieder, dass du dich nicht verirrt hast, denn um dich wieder zurechtzufinden, brauchst du bloß umzukehren, denselben Weg wieder zurückzugehen. Aber als du dich umsiehst, merkst du, dass du nicht mehr weißt, woher du gekommen bist. Du erkennst die Stellung der Bäume nicht wieder, es gibt keinen Anhaltspunkt in diesem wirbelnden Weiß. Du schließt die Augen, zwingst dich, ruhig durchzuatmen. Du träumst von einer heißen Dusche. Du suchst nach Youza, weil du sie streicheln möchtest, weil es dich beruhigt, deine Hand in ihr weiches Fell zu graben, zu sehen, wie diese dunklen, vertrauensvollen Augen sich dir zuwenden. Aber die Hündin ist nicht da. Entgeistert drehst du dich ein paar Mal um die eigene Achse. Du suchst den Boden ab, aber du findest keine Pfotenabdrücke im Schnee. Du rennst zurück, bist schnell aus der Puste, die Kälte raubt dir den Atem. So schnell du kannst, läufst du auf irgendetwas Schwarzes, Nasses, Regloses zu, das am Rand des großen Waldes liegt, aber es ist nur ein halb zugeschneiter Felsbrocken. Wahrscheinlich wusstest du das längst, du wolltest einfach daran glauben. Wieder und wieder brüllst du Youzas Namen, obwohl du weißt, dass das völlig sinnlos ist. Deine Stimme vermag den Sturm nicht zu durchdringen, es ist wie in einem Albtraum, du führst Selbstgespräche, unterbrichst dich, leierst immer wieder dieselbe Litanei herunter: »Mein Gott, mach, dass sie mich im Schnee riecht, mach, dass sie meine Spur wittert, mach schnell, schnell, ich flehe dich an, die Kälte schläfert einen ein, bringt einen um, ich flehe dich an … Ich flehe dich an …«

Du rufst nach ihr, schreist dir die Kehle aus dem Hals, verstummst plötzlich, um zu lauschen, und dann brüllst du wieder ihren Namen Youza! Youzaaaa!, aber du hörst nur einen grausamen, entfesselten Wind, die im Kampf ächzenden Bäume und das dumpfe Pochen deines Herzens, das zu schnell schlägt und zu laut.

Marcus sieht etwas vor sich laufen, rennen, ausrutschen und den Weg einschlagen, der zum alten Schloss führt. Ein Baumstumpf verdeckt einen merkwürdigen Widerschein, der springt, der leichtfüßig hüpft, während er selbst sich nur mühsam vorankämpft. Der Schatten bleibt manchmal stehen, macht aber nie kehrt und scheint ein teuflisches Vergnügen daran zu finden, auf ihn zu warten, während er nur langsam vorankommt, weil seine Füße in den rutschigen Matschwegen stecken bleiben.

Der Schatten hüpft wie ein Kasperle, luftig, lichtscheu und fröhlich, macht sich über die Gesetze der Schwerkraft lustig, letztlich über alle Gesetze, ein Wesen wie ein Vogel, wie ein Zicklein. Ein dunkles Etwas, das kriecht, das rutscht, das auf den Flügeln des Windes dahinsaust.

Ich drehe mich nicht um, ich weiß nicht, was er sehen würde, ich will meinen Bruder nicht erschrecken. Der Wind bläst stark, aber ich kann nichts spüren, ich bewege mich durch diesen weißen Flaum, durch diesen eisigen Vorhang hindurch, Marcus läuft meinem Schatten hinterher, seinen freudlosen Jahren und der flüchtenden Vernunft.

Du kannst nicht einmal mehr brüllen, Blue. Sobald du den Mund aufmachst, drückt dir der Schnee einen Knebel hinein, reißt der Wind deine Stimme mit sich fort. Du rennst, ohne zu wissen wie, du fällst nicht, du rennst, aber wo willst du hin? Geh zurück nach Hause. Vielleicht hat Youza ihren Weg wiedergefunden, vielleicht wartet sie zu Hause auf dich, unter der schützenden Markise, im Kalten zwar, aber zu Hause, gerettet. Zu Hause, wiederholst du, und dir wird klar, dass dieses Haus dein einziges Zuhause ist. Du steckst die Hände tief in die Taschen und gehst unbeirrt weiter. Du wirst da wieder herauskommen, es ist nicht das erste Mal, dass du dich verläufst und dann im Nu den Weg wiederfindest.

Aber wo du auch hinsiehst, es gibt keinen Weg mehr,

die Nacht bricht schnell herein, und jetzt solltest du nicht zuerst an Youza denken, sondern an dich. Da ich wie ein Irrlicht herumgehüpft bin, konnte ich Marcus dahin führen, wo ich ihn haben wollte. Vor dich, Blue. Baby, hör doch auf, ihn so entsetzt anzuschauen, mit einem Gesicht wie eine dümmliche, völlig vereiste Marienstatue.

Blue. Plötzlich wieder die Alte. So viel Leben ist schon vergangen, so viele Jahre sind schon dahin. Du bist wieder sechzehn. Sechzehn Jahre, beleidigt und überempfindlich. Verletzt, stolz, stur. Als du das letzte Mal in diesem Bett geschlafen hast, warst du wütend. In dieser Nacht fiel deine Entscheidung. Du würdest fortgehen, deine Eltern verlassen. Das Dorf, in dem du geboren wurdest. In jener Nacht, in der ein Sturm um unser Dorf herumschlich und dann doch nicht losbrach, hast du mich geholt. Bei mir hast du Marcus angetroffen. Deine Augen waren schwarz vom vielen Heulen. Deine Lippen geschwollen. Du sahst krank aus, deine Wangen vom Fieber gerötet, dein Haar zerzaust.

Jahre später habe ich dich so wiedergesehen. Blue, als Pulcinella. Prächtig und zornig. Der Visagist hatte dich genau so geschminkt, wie du an jenem Abend ausgesehen hattest. Dieser gequälte Gesichtsausdruck. Als hätte der Schmerz sich eingegraben. Als könntest du dich nie wieder beruhigen.

Dieses Bild von dir bewahrte Marcus stets unter seinem Kopfkissen auf. Dieses Gesicht hinderte ihn daran, andere Frauen zu lieben. An jenem Abend, an dem du mich gesucht hast, an dem du stattdessen meinen Bruder antrafst, da hatte er dich geküsst. Danach stand er in Flammen.

Er konnte damals nichts für dich tun. Du hättest es nicht angenommen.

Es stürmt, alles um euch herum ist in Aufruhr, während ihr verdutzt dasteht und euch anstarrt. Aber noch ist der Zeitpunkt zum Reden nicht gekommen. Diese Art von Gespräch kann man nicht führen, wenn man sich anbrüllen muss.

Du schreist dich heiser, um dich verständlich zu machen. »Wir müssen Youza finden… Den Hund… Youza… Youza! Hast du verstanden?« Er nickt mehrmals, ergreift deine Hand, drückt sie, tätschelt sie und lässt sie wieder los. Ernst, konzentriert. Waffenstillstand. Er kratzt sich am Kopf, dreht sich zweimal nach dir um, um sich zu überzeugen, dass du ihm auch folgst.

Du zögerst, dann rennst du ihm hinterher. Du schüttelst ihn, damit er sich wieder umdreht, du packst ihn am Ohr, damit er den Kopf senkt, du ziehst ihn ganz nah zu dir heran und murmelst: »Nunzio…« Die restlichen Worte verlieren sich im Wind. Du hast keine Zeit, seinen Gesichtsausdruck zu sehen, er hat sich ganz schnell wieder abgewandt.

Jetzt stürmt er voran durch den Wind. Du versuchst nur noch, mit ihm Schritt zu halten, fast mit geschlossenen Augen. Ihr marschiert hintereinander, wie abgestumpfte Soldaten, die nur wissen, dass in ein paar tausend Kilometern durch das Eis, nach Kälte, Hunger und endloser Verzweiflung, ein Stückchen warmes Brot, ein Kaminfeuer, ein Haus auf sie warten.

Hin und wieder wird es still, das Heulen des Blizzards verstummt, man könnte fast meinen, der Sturm würde sich legen, doch dann tobt er nur umso heftiger weiter. Eine dumpfe Klage steigt aus der Erde, dass dir ganz anders wird, dann flaut es wieder ab, der Schwindel lässt nach, bis zum nächsten Heulen.

Plötzlich erkennst du, wo du bist. Du stößt einen langen Seufzer aus, der sowohl Erschöpfung als auch Erleichterung zum Ausdruck bringt. Marcus hat dich zu einer unserer alten Jagdhütten gebracht, zu einer von den dreien, die noch stehen geblieben sind. Sie liegt auf einer Lichtung, durch die der Wind weniger heftig bläst, gebremst von einer Barriere aus Eichen und Pinien, die ihn in tausend leichte Böen bricht. Die Hütte wurde vor drei Jahrhunderten aus Stein und Holz erbaut, sie brannte zweimal nieder und wurde genau gleich wieder aufgebaut. Es ist ein strenger, düsterer Bau, eines der letzten Symbole, die bezeugen, dass die D'Ombras sich diese Gegend untertan gemacht haben. Sie entstammt einer Epoche, in der unsere Familie über das Landgut Col de l'Ange herrschte. Der Schlüssel liegt auf dem Deckenbalken; denn wer aus der Gegend würde es schon wagen, einfach hierherzukommen, sich Zugang zu verschaffen und meinen Bruder herauszufordern, der ja nicht gerade für seine Gutmütigkeit bekannt ist?

Er geht als Erster hinein, wie früher, um nachzuschauen, ob auch alles in Ordnung ist, dann tritt er mit einer höflichen Geste beiseite und lässt dich eintreten. Obwohl du so durcheinander bist, bist du insgeheim sehr von ihm angetan.

Aber du warst so durchgefroren, deine Beine haben so gezittert, dass du beinahe zu Boden gesunken wärest. Er fängt dich auf, legt einen Arm um deine Taille, fast trägt er dich, hebt dich über die Schwelle und schließt mit einem Fußtritt die Tür.

Die Männer halten sich in der Regel von Marcus fern. Man grüßt ihn von Weitem, unterhält sich mit ihm im Café, wenn er sich dort mal blicken lässt. Er ist nicht gerade beliebt. Man ist der Ansicht, dass er schon in Ordnung ist, aber eben nicht sehr einfach. Man schätzt ihn, hält sich aber nicht zu lange bei ihm auf. Nur die Frauen wissen, was er für einer ist, oder können es sich vorstellen: eine Herausforderung. Ein wilder und zärtlicher Mann, ein Einzelgänger, ein wortkarger Mensch. Er verfügt über die Anziehungskraft eines in die Jahre gekommenen Eigenbrötlers: ein wenig abgerissen, etwas gebeugt, das Haar grau und dicht. Ein Mann, den Frauen lieben, denn nur Frauen sind großherzig genug, etwas von ihm zu erwarten. Ihn zu ertragen. Verrückt genug, von ihm enttäuscht zu sein.

Du weißt das schon lange, Blue. Du kennst ihn. Den Rest kannst du erahnen. Die Hoffnungen, das Schweigen, die Enttäuschungen. Er schlägt einen autoritären Ton an, wenn er mit dir spricht. Er hat zu dir gesprochen, aber du hast es nicht gehört. Du musst dir Mühe geben, dich zu konzentrieren. Du bist völlig übermüdet. Er befiehlt dir noch einmal, diesmal etwas barscher, deine nassen Schuhe auszuziehen. Aber du willst sofort wieder rausgehen, um Youza zu suchen.

»Ich sag's nicht noch mal. Tu jetzt bitte, was ich dir sage.«

So hat noch nie jemand mit dir gesprochen. Also gehorchst du und lässt ihn Feuer machen. Obwohl du ein Kind vom Land bist und weißt, wie man ein Feuer entfacht –, etwas, das ich fast schon vergessen hatte, meine Blue, das mir aber im Nu wieder gegenwärtig ist. Aber Marcus ist ein Zauberer, und in weniger als einer Minute umzüngeln die Flammen eine perfekte Pyramide aus Zweigen und Pinienzapfen. Er setzt einen großen Kochtopf mit Wasser auf, der an einer Kette im Kamin hängt, dann fordert er dich auf, dich auf einem Schemel vors Feuer zu setzen, und fängt an, dich vorsichtig auszuziehen.

Er taucht deine Füße ins warme Wasser und trocknet sie mit einem verschlissenen Handtuch ab. Du schließt die Augen, so gut tut das. Dann bittet er dich, bevor er sich umdreht, damit du dir die Brust trockenreiben kannst, ihm zu sagen, wenn du fertig bist, damit er dir den Rücken abreiben kann.

Er ist noch vollständig angezogen. Die Kälte scheint ihm weniger zuzusetzen als dir. Offenbar seid ihr nicht aus demselben Holz geschnitzt. Während er dich abreibt wie eine erkältete Stute und dir mit dem warmen Tuch über Schultern, Nacken und Rücken fährt, würdest du am liebsten in seinen Armen versinken. Einfach weil es warm wäre und dich trösten würde.

Du reißt dich zusammen, du musst ihm etwas sagen, ihn etwas fragen, aber du hast kaum den Mund aufgemacht, da bringt er dich mit einem Finger auf den Lippen zum Schweigen. Er schließt dich kurz in die Arme und verspricht dir, Youza zu finden. Dann geht er.

Er kämpft mit dem Wind, als er die Tür aufmacht und sie sorgsam wieder hinter sich zuzieht.

In der Hütte gibt es keine Lampen, nur die knisternden Flammen im Kamin. Blue bleibt eine Weile stehen, anmutig wie eine Tänzerin im schwachen Schein der züngelnden Flammen. Mit hängenden Armen, in einer fußlosen Wollstrumpfhose, nackt vom Scheitel bis zur Taille. Marcus ist fort, und sie bewegt sich nicht, gefangen im Spuk dieser rauen Zärtlichkeit, die sich so warm anfühlte, dass es sie noch immer schaudert, als sie sich wieder anzieht und verträumt dem Feuer nähert.

Gemächlich zieht sie ihr T-Shirt an, ihr großes Hemd, ihren Pullover. Langsam zieht sie ihre Hose wieder an. Ihre Strümpfe sind klatschnass. Sie breitet sie über den Rücken eines Stuhls, den sie vor den Kamin schiebt.

Dann lässt sie alle Spannung von sich abgleiten, sitzt auf dem Schemel, die Hände zum Feuer ausgestreckt. Die nackten Füße ein wenig eingedreht, aus dem nassen Haar tropft es ihr in den Rücken.

Ich sehe dich plötzlich ganz aus der Ferne, so, wie ich dich noch nie gesehen habe, mein Schatz, als ein kleines gealtertes Mädchen, mager und unglücklich, das auf den Tod zugeht, während ich mich von ihm entferne, ganz allmählich.

An dem Abend, als ich außer Haus ging, an jenem letzten Abend in Paris, wusste ich nicht, wie zerbrechlich alles ist. Ich wusste gar nichts.

Die Schlüssel in der Wohnung suchen. Sie in der Hand halten. Rausgehen. Sie ins Schloss stecken. Umdrehen. Nachprüfen, ob die Tür auch wirklich zu ist. Die Schlüssel wieder in die Tasche stecken. Alles Handgriffe, die man schon tausendfach ausgeführt hat, ohne einen Gedanken daran zu verschwenden. Plötzlich ist es das letzte Mal, ohne Vorwarnung. Es gab nicht einmal ein leises Beben. Das Leben beutelte mich, ich hatte mich in etwas hineingesteigert, das meine Schläfen zum Pochen brachte, mich von einer Wut mitreißen lassen, die so stark war, dass ich zitterte.

Es war spät. Du warst nicht da. Ich hatte mit Ami zu Abend gegessen, er hatte ein oder zwei Gläser zu viel getrunken, wir hatten uns wegen irgendeiner Kleinigkeit gestritten, er hatte die Tür hinter sich zugeknallt, und fort war er. Ich hatte ein wenig abgewartet, um zu sehen, ob er wohl zurückkommen würde, dann hatte ich, außer mir vor Wut, ebenfalls das Haus verlassen. Über den thailändischen Pyjama hatte ich mir schnell meinen Kaschmirmantel geworfen, den schwarzen, den ich mir gerade für ein Heidengeld gekauft hatte und den ich hütete wie meinen Augapfel. Zuerst dachte ich, mein Freund sei irgendwo unten im Treppenhaus. Ich hatte ihn schon oft dort gefunden, in Tränen aufgelöst. Aber die Treppe war kalt, der Hof des Mietshauses dunkel und verlassen. Draußen alles öd und leer. Ich ging zum Flussufer vor dem Haus, dann überquerte ich die Seine. Der Himmel war bedrohlich, hässlich. Der Fluss wie dicker, weicher Schlamm. Von einem uralten reflexartigen Impuls getrieben, einesteils aus Provokation, andernteils aus Nostalgie, ging ich Richtung Tuilerien. Ich kam zur Place de la Concorde, von dort führt eine Leiter zu den Quais hinunter. Ich rannte wie ferngesteuert, blind und taub, ich empfand nichts als Groll und schmiedete Rachepläne. Versuchte mir vorzustellen, womit ich ihn treffen könnte. Wie ein böser Wind spürte ich das Bedürfnis in mir wachsen, ihn zu betrügen, ihm wehzutun, alles kaputt zu machen. Aber es war zu kalt, man muss schon verrückt sein, sehr allein oder unglücklich, um an einem solchen Abend jemanden aufgabeln zu wollen. Ich hatte nicht gemerkt, dass mir jemand gefolgt war.

Die Tür zur großen Kirche ist geschlossen. Unter den Arkaden hört man keinen Laut; in den Cafés stehen die Stühle umgekehrt auf den Tischen. Nur die Bienen wimmeln um die Blumen in den großen Terrakottatöpfen, die über den großen Platz verteilt sind. Eine Schwalbe streift das Kopfsteinpflaster und fliegt in den weißglühenden Himmel davon. Du hast Durst, du kannst dich nicht mehr auf den Beinen halten. Du setzt dich in den Schatten eines Portals. Ganz in deiner Nähe verströmt ein Rosmarinstrauch einen starken Duft, vermischt mit dem süßen Mandelduft eines von der Sonne verbrannten Oleanders. Aus einem offenen Fenster tönt die Klage eines Kontrabasses. Du erhebst dich wie ein Hund, der Regen wittert, da ist jemand, den du um ein Glas Wasser bitten kannst, aber nicht für dich, nein, für Youza, sie ist am Verdursten, am Erfrieren, Youza hat sich im Schnee verirrt ...

Der Traum wandelt sich, du siehst Youza als Welpe, du hast sie frisch adoptiert, ein kleiner Mischling, nicht mehr als eine Hand voll. Beim Tierarzt hat sie vor Angst leise gewimmert. Als ihr zu Hause wart, ist sie mit dir auf dem großen Sofa eingeschlafen, im Schlaf hat sie dir ihr Pfötchen gegeben, du hast es festgehalten, als wolltest du ihr sagen, du würdest schon auf sie aufpassen, sie werde niemals Schmerzen haben, niemals Hunger, niemals Durst ...

Dann verändert sich der Traum wieder, und du siehst Marcus vollkommen nackt, du bist erstaunt, wie behaart er ist, so was hast du nie gemocht, und zugleich gefällt es dir, du fühlst dich gut bei ihm, du hast ganz leichte, sehr schöne Chiffonkleider an, aber du musst sie ausziehen, sie geraten durcheinander, du versuchst, sie zu entwirren, aber sie verheddern sich immer mehr, und Marcus wendet sich ab und verschwindet allmählich.

Als du die Augen aufschlägst, steht Marcus mit Youza im Arm vor der Tür, und du siehst auf den ersten Blick, dass sie nicht mehr atmet.

Im Herzen eines Mannes gibt es unerschöpfliche Quellen der Geduld. Leere Zimmer, Wartesäle, Bahnsteige. Darin ist sein ganzes Wissen, und das, was er noch nicht weiß, was er noch ausprobieren wird. Da wohnt die Angst, zitternde Hände, Schweiß. Härte und Schmerz, alles, was dazwischen liegt, Brutalität, Zärtlichkeit, Sehnsucht, Mitleid und Bedauern. All das liest du in seinem Gesicht, Blue, während Marcus den Hund nah beim Feuer ablegt. Er fragt dich, ob es noch warmes Wasser gibt, doch du bist vollkommen erstarrt, du bleibst, wo du bist, völlig entgeistert. Du sprichst ganz leise mit dir selbst. Dabei schlingst du die Arme um dich, wiegst dich hin und her. O nein! Nicht sie, nicht Youza. Sie hat nichts getan. Sie weiß nichts, sie ist ein kleines Tier, eine Blume, sie hat weder Mensch noch Tier je etwas zuleide getan. Sie würde dir überallhin folgen, sie würde sich von einem Berg stürzen, wenn du es von ihr verlangtest – vertrauen heißt lieben. Und das alles nur wegen dir, wegen deiner Dummheit. Deiner Unentschlossenheit, deines Unvermögens. Du hast nie Kinder gehabt. Du warst wie gemacht für Männer, nicht aber für Babys; du wolltest keinerlei Verantwortung, aber deine Hündin … Wenigstens um sie hättest du dich besser kümmern können.

Marcus wird ungeduldig, du fährst hoch, aber du holst weder Wasser noch kümmerst du dich um sonst etwas, du legst dich auf den Boden und schmiegst dich ganz dicht an Youza, wärmst sie in deinen Armen, verbirgst dein Gesicht in ihrem rauen Fell und streichelst ihre Ohren. Ihre Schnauze ist eiskalt, ihre Augen sind geschlossen. Sie zieht eine seltsame Grimasse, die Lefzen sind hochgezogen, ein bisschen so, als wenn sie Angst vor etwas hätte, was du von ihr verlangen könntest. Eine Miene des Entsetzens. Du nimmst ihre Ohren in die Hände und reibst sie fest. Sie sind weich, schwarz und weiß. Innen rosa. Du siehst nur, wie seidig sie sind, siehst die Poren ihrer Haut, die noch warm ist, und du weinst. Man könnte wirklich meinen, dass du seit drei Tagen nichts anderes tust.

Marcus redet sanft auf dich ein. Er sagt dir, er könnte nichts machen, man bräuchte Adrenalin, man müsste ihr ein Herzmittel spritzen, aber hier in der Hütte gäbe es so etwas nicht. Bis man Medikamente und Hilfe geholt hätte, wäre es schon zu spät.

Er kauert sich ebenfalls nah bei dir nieder, du kannst gar nicht aufhören, in seinen Armen zu schluchzen, deine

Hand liegt in der seinen auf dem Rücken der Hündin, die du nicht aufgeben magst, die andere auf seinem Herzen, dem Herzen eines Mannes, der sein Leben für dich geben würde, der aber nichts tun kann, der nicht weiß, was er tun soll, außer dir unablässig, wie eine Mutter, zu sagen: »Das wird schon, mein Schatz, das wird schon wieder.«

Draußen lässt ein etwas heftigerer Windstoß die Läden klappern. Marcus erstarrt, lauscht. Er hört auf, dich zu wiegen, legt dir die Hand auf den Mund, damit du still bist.

Er macht dir ein Zeichen, dass du rücken sollst, dann beugt er sich über die Hündin; er befiehlt dir, ihr Maul aufzuhalten und beginnt, ihr Luft einzupusten. Mit übereinandergelegten Händen drückt er Youzas Brust, eins, zwei, drei, pusten! Eins, zwei, drei, pusten! Einatmen, ausatmen. Der Rhythmus des Lebens. Du weißt nicht zu wem, du weißt nicht wie, aber du betest.

Du sagst dir, dass vielleicht noch nicht so viel Zeit vergangen ist, wie du glaubst. Redest dir ein, dass ein Jäger wie Marcus, der den Tieren den Tod bringt, ihnen vielleicht auch das Leben zurückgeben kann. Du sagst dir, dass du rein gar nichts weißt. Dazwischen liegt all das, was man nicht kennt. Dann beugst du dich vor, und während Marcus regelmäßig Luft in Youzas Lungen bläst, nimmst du das Ohr deiner Hündin in den Mund, und dann, zunächst ganz sanft, dann etwas fester, beißt du zu.

Ein Knacks. Eine Hand greift dir in die Brust und löscht alles aus auf ihrem Weg, und schon ist man nichts weiter als ein Klümpchen Blut, das sich verflüssigt, sich ausdehnt, sich über die Erdoberfläche verteilt, bis es sie von einem Pol zum anderen bedeckt, eine Hitzewelle, die alles versengt, um eine neue, reine, gewaschene Welt zu hinterlassen, eine Welt, in der alles wieder von vorne beginnen kann. Für Mensch und Tier ist es dasselbe.

Ich habe Youzas Seele nicht über ihr schweben sehen. Vielleicht gehen die menschlichen Wesen nicht dahin, wo die Hunde hingehen. Vielleicht bin ich ja der Einzige, der so umherirrt. Oder wenn ich Youzas Geist nicht gesehen habe, heißt das vielleicht, dass er nicht da war, wo er sein sollte.

Als ihr Herz in der Flanke wieder zu schlagen begann. Als sie von selbst die Zunge herausstreckte. Als ihre Augen sich wieder öffneten. Als sie anfing zu hecheln und dabei aufzustehen versuchte. Als sie Marcus und dann dir, Blue, übers Gesicht lecken wollte. Als sie mit dem Schwanz wedelte. Als sie mit Zucker und ein wenig Rum vermischtes Wasser trank. Als sie seufzte und sich dann auf ihre zittrigen Beine stellte, Ziegenbeine, und sich dann beim Feuer zusammenrollte. Da hast du Marcus die Arme um den Hals geworfen, ihm deine Lippen auf die Stirn gedrückt, auf die Nase, die Wangen, dann bist du zu seinem Mund hinabgewandert und hast ihn geküsst.

Zunächst hat er es geschehen lassen, dann hat er dich

sanft von sich geschoben. Mit den Händen hat er dich ferngehalten. Jetzt hält er dich auf Abstand, ohne zu reden. Du verstehst nichts. Spürst nur diesen roten Schleier, der in deine Lungen gleitet, bis du fast erstickst. Hörst nur dieses langsame Wimmern, dieses herzzerreißende Stöhnen, das aus deiner Brust aufsteigt. Du erkennst ihn wieder, kennst ihn von früher, diesen scheußlichen, vertrauten Schmerz, die Verlorenheit und absolute Einsamkeit, an die du dich schon gewöhnt zu haben glaubtest.

Zwischen dreizehn und sechzehn, Blue, hast du erfahren, was Missbrauch ist und schäumende Wut. Tägliches Leid und Zorn. Ein falsches Wort, eine Laune, eine unpassende Antwort konnten dazu führen, dass dein Vater zuschlug. Deine Mutter sah ohnmächtig dabei zu. Sie war dagegen gefeit, ihr wusstet nicht, warum, aber es traf immer nur dich. Sie verarztete dich hinterher, streichelte dich, tröstete dich. Sie nahm dich in ihre Arme, sang dir dieselben Lieder vor wie damals, als du noch ein Baby warst. Sie wiegte dich ein. Und zugleich wiegte sie sich selbst. Ihre Enttäuschung, ihre Traurigkeit, den Mangel an Zärtlichkeit, die irregeleitete Liebe.

Du hast den Kopf in den Sand gesteckt. Bist verstummt, hast dich so klein wie möglich gemacht. Hast dich gekleidet wie eine graue Maus. Die Pullover so groß, dass sie deine Hände bedeckten. Die Röcke so lang, dass man nur die Spitzen deiner Schuhe sehen konnte. Die

Haare hingen dir ins Gesicht, hinter deinen Fransen verbargst du Stirn und Augen. Deine kleine Nase und deinen hübschen Mund konnte man noch sehen, aber sie waren so bleich, so glanzlos, dass man hätte meinen können, du lebtest eingesperrt in einer Höhle, wie ein Champignon.

Nichts konnte deinen Vater beruhigen, zumindest nicht auf Dauer. Also hast du hin und wieder aufbegehrt. Du hast ihm Briefe auf die Wände deines Zimmers geschrieben; er ließ einen Maler kommen, um alles mit einer neuen Farbschicht zu übertünchen. Ohne sie vorher zu lesen. Du hast versucht, mit ihm zu sprechen; er hat geschrien. Du hast lauter geschrien als er. Wenn er über dich herfiel, wehrtest du ihn mit einem Besen ab. Er brach ihn entzwei. Deine Mutter weinte mit offenen Augen, reglos. Du krümmtest dich zusammen, bis er, außer Atem, aufhörte dich zu schlagen.

Manchmal bist du auf die Felder, in die Wälder geflüchtet; dort hast du dann deinem Zorn freien Lauf gelassen, bist explodiert. Du hast nie begriffen, was für einen Tribut du da zahlen musstest. So weit bist du nie gekommen, Blue. Du bist abgehauen, er hat nie wieder die Hand gegen dich erhoben. Aber sich selbst kann man nicht entrinnen. Dem inneren Schmerz. Der Wunde.

Dein Vater hat dich geliebt. Auf seine unreine, kranke, verdorbene Art. Er hat dich geliebt, wie eine arme Kreatur das eben vermag – zu sehr und schlecht. Aber das können kleine Mädchen nicht verstehen. Erst später dann können sie lernen, den Männern wieder Vertrauen zu schenken, nachdem der wichtigste Mann, der erste, sie geschlagen, verraten, ihnen die Kindheit gestohlen und verbrannt hat.

In dieser letzten Nacht, Blue, hatte er es begriffen. Du wolltest dich aus dem Staub machen. Und da er wusste, dass er dich niemals bekommen würde, ist er lieber wie ein Vandale über dich hergefallen. Es wäre ihm wahrscheinlich das Liebste gewesen, du wärest verschwunden, wärest gestorben.

Und dafür hat er ja auch einiges getan.

Drei Jahre, sechs Jahre. Was ist aus dem Winzling geworden, der nicht schlafen wollte, der sich immer seine Bettdecke schnappte, um sich vor der Schlafzimmertür seiner Eltern zusammenzurollen? Dein Vater stand dann in der Nacht auf und trug dich in seinen Armen zu deinem kleinen Bett zurück. Er legte dich ganz vorsichtig hinein, um dich nicht aufzuwecken. Du erinnerst dich so gut an dieses Gefühl der Sicherheit, das diese Gesten dir vermittelten. Du erinnerst dich, wie liebevoll er dich zudeckte, während du die Augen geschlossen hieltest und so tatst, als würdest du schlafen – und schliefst dann auch tatsächlich ein.

Dreizehn Jahre. Wie ist es um ein Mädchen bestellt, das so große Angst vor seinem Vater hat, dass es sich zu Weihnachten einen Teddybären wünscht, der größer ist als es selbst, weil es ihn an seiner Stelle in seinem Bett schlafen lassen will, während es sich in der Nacht im Schrank versteckt?

Dazwischen war deine Kindheit in Ordnung, Blue. Deine Eltern kamen zu uns nach Hause zum Abendessen, dein Vater lächelte noch, trank mit meinem Vater ein Glas mit und wärmte sich den Hintern vor dem Kamin, wie es die Männer in Romanen zu tun pflegen; unsere Mütter saßen in der Küche und schwätzten wie die Elstern, wir spielten in meinem Zimmer, Marcus saß in der Bibliothek und las oder brachte uns Monopoly, Scrabble und sogar ein wenig Schach bei, so weit wir es verstehen konnten.

Junge Paare mit kleinen Kindern haben etwas so Schönes an sich. Etwas Heiliges. Das ging noch eine Weile so. Eine gesegnete Zeit lang, ein paar goldene Jahre.

Woher kam der Riss? Warum ist diese schöne Sandburg eingestürzt?

Beim letzten Treffen zwischen deinen und meinen Eltern waren wir nicht dabei, und zwar aus gutem Grund. Marcus war dabei. Er war vierundzwanzig Jahre alt. Er hat mit deinem Vater auf eine Art gesprochen, wie meiner es nie gekonnt hätte, denn er fühlte sich befangen gegenüber dem früheren Freund, den er jetzt nicht mehr wiedererkannte. Die Frauen waren schweigsam, wie benommen. Perfekte Opfer, Komplizinnen durch Unterlassen.

Marcus hat mir erst lange später von dieser Zusammenkunft erzählt, in kleinen Häppchen. Dabei wurde er immer noch bleich vor Wut und Scham, redete mit geballten Fäusten.

Alle sind sie stumm, deine Mutter ist bleich im Gesicht vor lauter zurückgehaltenen Tränen, die meine gedemütigt, und dein Vater, Blue, schnaubt vor Wut, faselt etwas davon, man habe sich da in etwas eingemischt, das nur ihn und seine »Familie« etwas anginge. Es hätte ganz übel ausgehen können. Marcus war sofort in Rage geraten. Er hatte mir gestanden, er sei kurz davor gewesen, einfach zuzuschlagen. Hatte sich dann aber zusammengerissen.

Er hatte deinem Vater tief in die Augen gesehen. Ohne ihn zu berühren. Er hatte ihm gesagt, es sei vorbei. Wenn er weiter darauf bestehen wolle, dich wiederzusehen, dich wieder mit nach Hause zu nehmen, werde er ihn anzeigen. Aber vorher werde es ihm ein großes Vergnügen sein, ihm eine in die Fresse zu hauen. Bei allem Respekt, den er ihm schulde.

Durch ihn, durch seinen Wahnsinn, sind zwei Familien auseinandergerissen worden.

Vorbei war's mit den fröhlichen Abendessen nach der Jagd, den Mittagessen unter der Sommerlinde, den nackten Kindern auf der Wiese, dem Geschrei, wenn keiner ins Bett gehen wollte. Vorbei mit den Ausflügen ans Meer, den Festen nach der Weinlese, bei denen die Frauen sich für den Abend schön machten und die Männer scherzten, dass sie wahrscheinlich zu spät kommen würden. Als die Eltern an diesem Abend zu Bett gingen, wussten sie, dass ihre Welt endgültig zusammengebrochen war, dass eine neue, weitaus düsterere Zeit begann.

Marcus blieb in Col de l'Ange. Er wachte über unsere Flucht, war Gefangener einer Welt, die ihn ganz allmählich Jahr um Jahr ein wenig mehr in ihre Klauen bekam.

Die Jahreszeiten vergingen. Unsere Eltern brachen zusammen, wurden einer nach dem anderen dahingerafft. Dein Vater blieb als Letzter übrig.

Er bezahlte seine Rechnungen nicht mehr. Der Strom wurde abgestellt. Im Dorf hatte ihn seit Monaten keiner mehr gesehen. Also sah man nach, was da vor sich ging.

Man fand ihn in seiner Küche eingeschlossen, dem einzigen Raum, den er noch mit dem Kamin beheizen konnte. Er schlief schon seit einer Weile dort, ging nicht mehr nach draußen, wollte sich nicht mehr bewegen, aß nichts mehr. Er wollte niemandem aufmachen. Er bedrohte alle, aber man hatte vor allem Angst, er könnte sich etwas antun. Irgendjemand hatte die Idee, Marcus zu holen. Er kam, schlug ein Fenster ein und stieg ins Haus. Dein Vater erkannte ihn nicht wieder. Er siezte ihn, nannte ihn »Herr Direktor«. Er erklärte ihm, er müsse seine Schulstunden für das nächste Schuljahr vorbereiten, zeigte ihm seine alten, zerfetzten Bücher, sagte ihm, er verstehe nichts mehr von dieser neuen Welt, und die Kinder wüssten mehr als er. Als man ihn ins Altersheim brachte, wollte er nur einen Gegenstand mitnehmen: deine Puppe, Blue. Susannah, die er all die Jahre wer weiß wo aufbewahrt hatte.

»Verzeih. Verzeih mir, Blue. Ich hätte dich mitnehmen können. Ich hätte mit euch fortgehen sollen, mich um euch kümmern sollen.«

»Du sollst dich nicht bei mir entschuldigen.«

»All diese Jahre… All diese verlorenen Jahre.«

»Ich… Ich weiß nicht. Verzeih mir.«

»Ich? Ich soll dir verzeihen?«

»Ich weiß nicht. Es wäre alles anders, wenn…«

»Und Nunzio…«

»Sag nichts… Noch nicht, bitte. Heute Morgen, auf dem Friedhof…«

»Wie wirst du klarkommen?«

»Ohne ihn? Ich weiß nicht«

»Glaubst du, du könntest hierbleiben?«

»Ich… Ich glaube nicht. Verzeih mir. Ich weiß es wirklich nicht.«

»Hör auf, mich um Verzeihung zu bitten. Hör auf zu sagen, du wüsstest es nicht. Sag mir lieber, was du weißt.«

Weder die eine noch der andere weiß, was mir widerfahren ist, und keiner wird es jemals erfahren. Es schwebt zwischen euch, Leerstellen bleiben offen, stumme Fragen, die ihr mit einem Schulterzucken und einem Kopfnicken beantwortet. Wie alle Lebewesen habt ihr das Gefühl, noch Zeit zu haben, zu erkennen, wann euer Ende naht, es vorbereiten und dafür sorgen zu können, dass es leicht wird.

So dachte ich auch.

Als ich an jenem Abend, meinem letzten Abend, wieder durch die Tuilerien zurückgehen wollte, hielt mich jemand von hinten fest. Man flüsterte mir Beleidigungen ins Ohr, von denen »dreckiger Päderast« noch die netteste war. Der Kerl verströmte einen schalen Biergestank. Ich fand das unerträglich. Ich machte mich über ihn lustig. Fragte ihn, ob seine Zahnpasta noch aus der Vorkriegszeit stammte. Provozierte ihn. Ich warf ihm noch andere Sachen an den Kopf, an die ich mich nicht mehr erinnern kann. Sein Gesicht konnte ich nicht gut sehen, nur seine Augen, schwarze Löcher, seinen Mund und die fehlenden Schneidezähne. Der andere versetzte mir einen so heftigen Fußtritt, dass ich zusammenklappte. Ich bekam keine Luft mehr, aber als der Erste versuchte, mir meinen Mantel abzunehmen, wehrte ich mich. Das überraschte sie. Ich glaube, letztlich fanden sie das toll. Katzen mögen keine Mäuse, die keinen Widerstand leisten. Das würde einen Mordsspaß geben, die Schwuchtel war aufmüpfig, da konnte man draufschlagen. Und schon ging die Keilerei los. Der eine hielt mich fest, und der andere schlug zu. Sie feuerten sich gegenseitig an und lachten dabei. Ich brüllte wie am Spieß, war völlig panisch. Sie schlugen mir die Zähne aus. Ich schluckte Blut, Rotz, Bruchstücke meiner Brücke. Sehr teuer. Ich sah mich um. Die Hausboote waren duster. Keiner machte Licht, keiner kam heraus, um nachzuschauen, was da los war. Wahrscheinlich waren sie so etwas gewohnt. Oder es war ihnen egal. Und dennoch, es war mein einziger Ausweg.

Ich konnte ihnen knapp entwischen und klopfte an eines der Bullaugen. Ich hörte Geräusche, jemand war aufgestanden, um nachzusehen. Dann ging in einem Fenster kurz das Licht an, gleich darauf erlosch es wieder. Die beiden Scheißkerle hatten mich eingeholt, sie schäumten vor Wut. Ich versuchte noch zu entkommen, aber dann fiel ich hin. Sie traten nach mir, dann beugte sich einer von ihnen runter, um mir in die Augen zu sehen. Ich weiß nicht warum, ob aus einem plötzlichen Stolz heraus oder aus verletztem Ehrgefühl, jedenfalls stammelte ich: »Tu, was du tun musst, aber mach schnell, du stinkst dermaßen.« Ganz entsetzlich stumm packte er mich bei den Haaren und schlug meinen Kopf einmal, zweimal, auf den Boden. Ich sagte: »Verzeihung.« Ich murmelte: »Es tut mir leid.« Ich flehte ihn an: »Ich bitte Sie!« Ich glaube, jeder sagt das vor dem Sterben. Als mein Kopf das dritte Mal aufs Pflaster knallte, klang es, als spalte man eine Wassermelone in zwei Hälften. Sie bekamen es mit der Angst zu tun, ich bewegte mich nicht mehr. Sie hoben mich hoch, der eine bei den Achseln, der andere bei den Füßen, dann warfen sie mich in die Seine. Sie sahen zu, wie ich um mich schlug, vom Ufer abkam, in der Strömung verschwand. Einer der Schweinehunde, der Brutalere von beiden, hielt meinen Mantel in der Hand. Er durchwühlte die Taschen, holte Schlüssel und Papiere heraus. Das Geld behielt er, den Rest schmiss er ins Wasser.

Ich dämmerte weg.

Dann wachte ich auf der anderen Seite wieder auf.

Das war's. Sollte ich Schmerzen gehabt haben, so habe ich sie vergessen. Was ich bisher verstanden habe, ist, dass der Tod uns nicht auf die Art und Weise holen kommt, wie wir das gerne hätten. Er rinnt durch unsere Adern, wir wärmen ihn in unserer Brust. Er sitzt in uns, nährt sich von uns. Er lauert auf den rechten Moment, macht sich lustig über unsere Wünsche, unsere Projekte, unsere Ziele. Ich bin gestorben, wie ich gelebt habe, gelassen, im Vertrauen auf mein Glück, in Erwartung des morgigen Tages. Und eines Tages fand der morgige Tag einfach nicht mehr statt.

Ich kann deine Stimme kaum noch hören, Blue. Die ganze Zeit bittet ihr euch um Verzeihung, irgendwann wird das langweilig. Es reicht. Das führt zu nichts, es tut nur weh, macht gar nichts wieder gut, ihr seid alt genug, um das zu wissen.

Vorhin hielt mein Bruder die Lippen fest aufeinandergepresst, als du seinen Mund mit deinen Lippen berührtest. Er wollte dich gar nicht küssen. Du hast entmutigt die Arme sinken lassen. Für ein paar nicht enden wollende Minuten habt ihr reglos dagestanden. Dein Blick irrte über die weiße Landschaft hinter dem Fenster. Ein verschleierter Blick. Dann wischtest du dir mit Ärmel und Handrücken über die laufende Nase. Aus Angst und auch aus Trotz. Ich kenne diese Geste von früher, wenn wir Schlitten fuhren. Meistens bist du mit meinem Bruder gefahren. Er hat sich hinter dich gesetzt, um bequemer lenken zu können, und dich während der Abfahrt fest in den Armen gehalten. Du hast gezittert, aber geschrien hast du nie. Es war wieder wie damals, er hatte sich daran erinnert, musste unwillkürlich lächeln. Er öffnete die Arme, und du hast dich in sie geflüchtet. Dann legte er dich auf das mottenzerfressene Sofa, das nach nassem Hund und kaltem Kaminfeuer roch. Dich hat es nicht gestört. Der Staub stieg dir in die Nase, und du musstest niesen. Er breitete eine große Decke über euch beide und drückte dich fest an sich.

Schon seit einer Stunde redet ihr miteinander. Seit einer Stunde hört man nur das Gemurmel eurer Stimmen, hört man Youzas Seufzer, die beim Feuer eingeschlafen ist, und hin und wieder die in sich zusammenfallende Asche. Du hast den Kopf auf seine Brust gelegt und hebst ihn nicht an, wenn du mit ihm sprichst. Das hört sich wahrscheinlich komisch an für ihn, ein Flüstern auf der Haut, erstickt von der Wolle seines Pullovers. Wie ein Echo. Ein Echo, das aus seinem Herzen kommt. Du erzählst ihm von deinem Kummer, deinem Schmerz. Du erzählst ihm alles, was du weißt, bis ins kleinste Detail. Deine Befürchtungen, deine Überlegungen sind auch die seinen. Wenn er zu dir spricht, erzählt er dir von anderen Dingen, in dieser ruppig-sanften Art, die du seit der Kindheit an ihm kennst, mit dieser Nachsicht und Offenheit, die du schon verloren glaubtest. Du schiebst eine Hand unter seinen Pullover, als wolltest du sie wärmen.

»Ich habe euch immer von meinem Zimmer aus zugehört, Nunzio und dir. Ihr saßt auf eurem Lieblingsplatz, auf den Stufen der Vortreppe vor dem Haus. Ihr habt stundenlang miteinander geredet. Habt euch alles Mögliche erzählt… Ihr wart so süß, ihr beiden. Wie putzige Welpen. Dann wurde alles anders. Du warst plötzlich so schön. Und Nunzio wirkte so fremd mit seinen langen Haaren. Du hast ihn stundenlang gestreichelt, hast ihm die Haare gekämmt, als sei er deine Puppe… Und eines Abends…«

Du bewegst dich, eine deiner Hände ist unter ihm eingeklemmt. Du ziehst sie heraus, murmelst »Ameisen«. Er verstummt, nimmt deine Hand und pustet darauf. Dann machst du es dir wieder auf seiner Brust bequem und schließt erneut die Augen.

»Du erinnerst dich bestimmt daran. Nachts war die Luft voller Glühwürmchen. Es war so heiß in dem Sommer. Du warst ganz vernarrt in diese Viecher. Du hattest mich gebeten, dir einen kleinen Käfig zu bauen, aber vielleicht täusche ich mich da auch, und das war vorher gewesen. Ich weiß es nicht mehr.«

Du bewegst dich wieder. Er schlägt einen leicht genervten Ton an und sagt, du sollst aufhören, so rumzuzappeln. Du gehorchst ihm.

»Ja, ich glaube, das ist ein paar Jahre vorher gewesen. Wie dem auch sei… Ich erinnere mich, dass sich ein Glühwürmchen auf deine Brust gesetzt hatte. Du hast es in deine Hand eingeschlossen, sie ein Stück weit aufgemacht, und da ist es davongeflogen. Du hast gelacht. Meine eine Hand hatte ich, na ja, du weißt schon … Ich bin mir danach so blöd vorgekommen. Ich hätte so gerne geglaubt, dass das an der Hitze lag, an der Feuchtigkeit – aber ich konnte sie gar nicht so schnell wieder wegziehen, da war sie schon ganz nass.«

Es macht dich traurig, dass er sich so schämt. Allerdings haben wir beide, meine Liebe, nicht gerade ein besonders keusches Leben geführt.

Du streichelst ihn bis zum Halsansatz, seine Haut ist warm, sein dichtes Haar kräuselt sich unter deiner Hand, du wanderst hinab zu den Brustwarzen, die hart werden, du streichst über seinen leicht gewölbten Bauch, du wanderst noch etwas tiefer und dann hältst du inne, die Finger auf dem Gürtel seiner Hose. Dort verharrst du, ohne dich zu rühren. Er reagiert nicht, tut so, als sei nichts geschehen.

Du lächelst verstohlen. Du lässt dich treiben, die Müdigkeit, die Uhrzeit, die Erleichterung zu wissen, dass Youza am Leben ist … Du seufzt, fühlst dich plötzlich fast schon glücklich, jedenfalls glücklicher und leichter als seit Langem. Du hast Lust zu spielen, leckst den salzigen Schweiß von seinem Hals. Ein Schauder durchfährt seinen großen Körper. Eine ganze Weile sagt er nichts mehr. Du schläfst fast ein, dann vernimmst du wieder seine Stimme, ganz leise, unglaublich leise.

»Blue … «

Du weißt nicht warum, aus deinem Mund sprudeln Worte, die du noch nie gesagt hast. Du bist verblüfft und er auch, es macht dich plötzlich hellwach, dass du so etwas überhaupt sagen konntest! Marcus hört dich nicht und bittet dich, es noch einmal zu wiederholen:

»Halt mich fest, Marcus. Ich bitte dich. Lass mich nicht los.«

»Das darfst du nicht zu mir sagen, Blue. Das darfst du nicht …«

Er verstummt, dann sagt er noch leiser:

»Sag nichts, ich bitte dich.«

Du bewegst langsam die Hüften. Du presst dich ganz unwillkürlich, ganz automatisch gegen seine Hüften. Ein Krake könnte es nicht besser. Er atmet nicht einmal mehr. Dann haucht er:

»Also gut, hör jetzt auf. Lass uns schlafen. Wir sind müde.«

Er verstummt, dann sagt er noch:

»Schlaf, meine Liebe. Schlaf, kleiner Wolf. Morgen sehen wir klarer. Schlaf, meine Blue.«

»Ich kann nicht. Erzähl mir noch was. Warum hast du all die Jahre die Rechnungen für mein Haus bezahlt?«

»Ich war ab und zu dort. Schlief in deinem Bett. Lauschte der verstreichenden Zeit.«

Du hebst den Kopf und schaust ihn an.

»Warum hast du mir nicht Bescheid gesagt … Als das mit Nunzio passierte?«

Jetzt ist es an ihm, dich mit einem Kuss zum Schweigen zu bringen, aber du lässt dich nicht aus dem Konzept bringen. Du fragst noch einmal:

»Warum?«

Die Lippen auf deinen Mund gepresst, antwortet er:

»Das war mein letzter Trumpf. Die einzige Karte, die ich noch ausspielen konnte.«

Diesmal leistet er keinen Widerstand, als du auf ihn kletterst, als du ihn mitten auf den Mund küsst. Er öffnet seinen Mund wie ein Mann, dem man in der Wüste zu trinken gibt, ein heftiger Schluchzer bringt seinen Körper zum Beben, du spürst, dass er dich bremsen will, so lange noch Zeit ist, aber mit aller Zärtlichkeit, zu der du fähig bist, mit aller Verzweiflung, aller Angst hältst du dagegen … Mit all dieser unbegreiflichen Freude, die sich in deiner Brust ausbreitet, die durch deinen Bauch strömt, die deine Haut leuchten, deine Augen glühen lässt, während Marcus seine Augen schließt, besiegt.

Die Wärme eurer nackten Leiber umgibt euch wie ein zu mir aufwallender Dampf, Blue, wie ein durchscheinender Rauch, der weit nach oben steigt und sich schließlich im schneeschwarzen Himmel verliert.

Es ist kalt jetzt. Das Feuer im Kamin ist ausgegangen. Youza schüttelt sich und bedrängt dich mit Schnauzenstupsern, weil sie raus will. Du hast dich im Schlaf an Marcus geschmiegt, die Hände zu Fäusten geschlossen, eine tiefe Falte auf der Stirn, als beunruhige dich etwas. Die Hündin stupst dich an, du drehst dich um, brabbelst etwas Unverständliches; du presst deinen Po an Marcus, davon wird er wach. Draußen, hinter den dunklen Pinien, steigt ein bleiches Licht auf, der Sturm hat sich in der Nacht gelegt. Die Luft ist voll von kleinen Eispartikeln, winzigen Kristallen, wie mikroskopischer Sternenstaub, der auf halbem Wege zwischen Himmel und Erde funkelt. Ein riesiger Mond, rund und gelb, hängt noch am Himmel, wird allmählich immer farbloser. Marcus geht mit Youza hinaus, er zieht die Tür nicht ganz zu, um keinen Lärm zu machen. Seite an Seite stehen sie pinkelnd da, die Hündin und mein Bruder, und schauen dem aufgehenden Mond zu.

Dann trollt sich die Hündin, nachdem Marcus ihr das erbettelte Zeichen der Zustimmung erteilt hat, fröhlich und mit hoch erhobenem Schwanz, um die Gegend um die Hütte abzuschnüffeln.

Ich frage mich, wieso es Marcus nicht kalt ist, so halb angezogen, mit nur der Hose überm Hintern. Ich bin eifersüchtig, wenn ich seine in der reinen Morgenluft dampfende Haut sehe, den weißen Atem, der seinem Mund entströmt, wenn ich sehe, wie er sich unwillkürlich seine nach Geschlecht riechenden Finger an die Nase hält und dabei an etwas anderes denkt.

Marcus hat nie erfahren, was mit mir geschehen ist. Die Verletzungen, die mein Körper aufwies, hätten ebenso gut vom langen Treiben im Wasser der Seine stammen können – eine Drecksbrühe voller sich häutender Fische und fleischfressender Schildkröten.

Mein Bruder konnte dir auch nicht mehr erzählen,

Blue. Letztlich wusste niemand Bescheid. Es konnte sowohl Selbstmord als auch ein Unfall gewesen sein. Du hast selbstverständlich nicht an die Selbstmordhypothese geglaubt. Er auch nicht. Seltsam allerdings, dass du dir über die Schulter gesehen hast, während ihr davon spracht, als hättest du plötzlich etwas gespürt. Einen Moment lang dachte ich, du hättest mich gesehen oder gehört. Aber nichts dergleichen. Du hast bloß versucht, einen Blick zurückzuwerfen, eine Vergangenheit zu ergründen, die in einem ganz anderen Licht als dem bisher bekannten erschien. Bin ich vielleicht unglücklich gewesen, und du hast nichts davon gewusst? Hätte ich dir ein Unglück, eine Krankheit verheimlichen können?

Nichts wird jemals Aufschluss darüber geben, warum ich damals ein letztes Mal auf die Straße ging, niemand wird dir jemals etwas anderes erzählen, als das, was in meinen Haarzellen und Hautschuppen gespeichert ist. In meinem unsichtbaren Herzen, das untröstlich bleibt, das immer noch blutet, wenn es sich dieses Ende vor Augen führt, das es gar nicht fassen kann. Diesen Tod, den ich überhaupt nicht begreife, diesen Zustand, an den ich mich nicht gewöhnen kann. Ich frage mich das genauso wie ihr, Marcus und du, was für eine absurde Grausamkeit mir da widerfahren ist, was für ein banaler und schrecklicher Tod mich da bloß ereilt hat. Ich bin hier bei euch, ganz nah bei euren warmen Körpern und den Gedanken, die zu mir aufsteigen, aber ist es wirklich so, dass ihr mich braucht, oder brauche ich nicht vielmehr euch?

Als du nach ihm in die Decke gewickelt aus der Hütte trittst, das Holzfällerhemd direkt auf der Haut, die Haare fallen dir wie wildes Gestrüpp über Hals und Augen, krächzt eine Rabenkrähe und hüpft vor Youzas Schnauze herum, die mit gehobener Pfote dasteht und aus dem Staunen nicht mehr herauskommt. Du hebst die Arme, um dein Haar zu einem Knoten zu drehen, mit dieser Geste, die so typisch für dich ist. Die Decke um deine Hüfte wird gleich herunterfallen, da lachst du, und während du sie festhältst, rufst du nach Youza, die wie angewurzelt dasteht und sich nicht rührt.

Das Erste, was Marcus an diesem Morgen von dir hört, ist deine fröhliche Stimme, sind deine Lachkaskaden, schon dreht er sich wieder um, um dich noch einmal an sich zu ziehen. Ihr seid beide barfuß, euch ist kalt jetzt, aber um keinen Preis wolltet ihr wieder hineingehen. Dabei ist euch bewusst, dass ihr in diesen Fetzen, mit den gelösten, trunkenen Gesichtern, so eng umschlungen, dass ihr kaum Luft bekommt, an die Filmszenen erinnert, mit denen man uns seit fünfzig Jahren überschüttet, und bei denen am Schluss das Wort ENDE auf der Leinwand erscheint. Ihr seht ein bisschen fertig aus und habt die Altersgrenze deutlich überschritten, aber immerhin.

Ihr bleibt noch ein bisschen so stehen, aber ihr wisst, dass nichts entschieden ist, und dass alle Geständnisse der vergangenen Nacht nichts bedeuten, es reicht noch nicht, es ist nicht genug.

Marcus mag noch so sehr der Meinung sein, dass du nach wie vor die herrlichste Frau der Welt bist, dass du noch dieselbe bist wie mit sechzehn, dass er dich bis ans Ende aller Zeiten begehren wird, bis zum letzten Atemzug, auch wenn er weiß, dass du dein Leben anderswo lebst. Er weiß, dass du nie scharf auf ihn gewesen bist, und wieso sollte das jetzt anders sein?

Und du, meine Schöne, du magst noch so sehr denken, dass die vergangene Nacht zu den schönsten, zu den vollkommensten Augenblicken in deinem Leben zählt, magst noch so sehr mit Stolz und Verwunderung denken, Marcus sei für dich der beste Liebhaber der Welt, bisher hast du keinem anderen Mann vertraut als mir. Du weißt ja noch nicht einmal, wie das geht, einen Mann lieben, warum sollte das jetzt anders sein?

Als ihr in die Hütte zurückkehrt, wisst ihr alle beide, dass euch das Härteste noch bevorsteht. Dass das, was da gerade nach dreißig Jahren des Wartens seinen Anfang nimmt, vielleicht auch schon wieder zu Ende ist. Ihr habt eine Chance bekommen, sie hat euch gestreift, euch umschmeichelt, sie schwebt irgendwo um euch herum und wartet auf ein Zeichen, ob ihr sie ergreifen oder ein für alle Mal an euch vorüberziehen lassen werdet.

Youza hebt genau in dem Moment den Kopf, als der erste Sonnenstrahl durch die Pinienzweige sticht. Der Himmel ist blau wie eine Gasflamme.

Ich bin tot; seit siebzehn Tagen und ebenso vielen Nächten, darunter eine Vollmondnacht. Die letzte. In eurem Atem lebe ich weiter. In eurem Geist, in euren Stimmen. Noch eine Weile, bis nach dem Abschied.

Ich habe das gleiche Gefühl wie damals, als ich in mein Cabrio stieg, einer meiner letzten Spleens, in das schöne, von mir heißgeliebte britische Automobil, und gen Süden fuhr, während sich die Bäume des Waldes in der lauen Luft über meinem Kopf öffneten und wieder schlossen.

Die Zeit ist nichts. Um das eigene Leben zu verändern, genügen zwei Tage. Um auf die andere Seite zu wechseln, genügt schon ein Augenblick.

Ich fühle, dass ich sterbe, schon zieht es mich nach oben, und dich, Marcus, sehe ich am Fenster stehen, du schaust der Sonne direkt ins Gesicht, mit der lächelnden Blue im Arm.

Pass auf sie auf, mein Bruder. Pass gut auf die Liebe auf. Es gibt sonst nichts, weißt du.

Das ist alles, was man hat, alles, was man je haben wird.

Danksagungen

Tausend Dank an Lucia Candelise und Frédéric Obringer, Isabelle und Jean-Christophe Benistant, die mich in ihr schönes Haus aufgenommen haben.

Aus ganzem Herzen danke ich Stefano Bianchi. Er weiß, warum.

Ich möchte mich bei meiner Verlegerin und Freundin Capucine Ruat bedanken, und wie immer Dank an meine Komplizin Ann Scott.

Ich danke René Gast – ich habe ihm sein Äußeres geklaut, weil er wie ein Schlossherr aussieht – Francesca Ragusa danke ich dafür, dass sie meine Verbündete war, und J.-C. Combaz für seine Nähe.

Dank an Gianmarco Chieregato für seine Treue und Großzügigkeit.

Meinen Dank auch an Patrice Meslier von der HSBC, die mit so viel Taktgefühl meinen (chronischen) Geldmangel verwaltet.

Dank an Gipi Cremonini, der mich niemals fallen lässt.

Und natürlich ein Dankeschön an Vincent, der mich mit all seiner Zärtlichkeit und Liebe unterstützt.

Ebenfalls als Blanvalet Taschenbuch erhältlich

Blanvalet
Simonetta Greggio,
Der Zauber
gestohlener Stunden, 37467
Oktober 2010

Die Vollblutitalienerin Fosca hat ein turbulentes und bewegtes Leben hinter sich. Sie hat Männer geliebt, geheiratet, verflucht und verlassen. Die einst wohlbehütete Tochter aus gutem Hause wurde zu einer unbändigen und freiheitsliebenden Frau, die das Leben in vollen Zügen genoss. Doch nun, an ihrem Lebensabend, ist es für Fosca an der Zeit, dem letzten Menschen, der ihr noch geblieben ist, die Wahrheit zu erzählen und zu gestehen, was sie aus Liebe getan hat …

»Es gibt Bücher, die einen besser machen. Glücklicher. Bücher, die einem Flügel verleihen. Simonetta Greggios Roman gehört zweifellos zu dieser Kategorie. Dieser Roman ist eine Perle.« *LIRE*

Seelchen, freundliches, wanderlustiges Seelchen, Gefährtin meines Leibes, der dir Gastfreundschaft bot, jetzt geht es hinab in jene bleichen herben, kahlen Gefilde, wo du den Spielen entsagen musst, die du liebtest. Verweile noch einen Augenblick, betrachten wir einmal noch die vertrauten Ufer und die Dinge, die wir wohl nie wiedersehen werden … Wir wollen versuchen, sehenden Auges in den Tod einzugehn.

Publius Aelius Hadrianus, Kaiser
(Marguerite Yourcenar: *Ich zähmte die Wölfin, Die Erinnerungen des Kaisers Hadrian*)

… ma quante braccia ti hanno stretto tu lo sai per diventar quel che sei (… In wie vielen Armen hast du gelegen? Haben sie dich verändert?)

Lucio Battisti, Sänger

Mein Herz,
in der Blüte meiner Jugend bin ich eine Frau gewesen, für die man andere verlassen hat. Jetzt bin ich schon seit langem in dem Alter, in dem ich verlassen werde, und mein damaliges Verhalten erscheint mir von einer solchen Schamlosigkeit, von einer solchen Kaltblütigkeit, dass eigentlich nur Einfalt dahinter stecken kann.
Ich sterbe, meine Constance. Du brauchst dich nicht dagegen aufzulehnen, es bleibt keine Zeit mehr.
Aber zwei oder drei Dinge muss ich dir noch sagen.

There was an old woman
And nothing she had
And so this old woman
Was said to be mad
She'd nothing to lose
She'd nothing to fear
She's nothing to ask
She'd nothing to give
And when she did die
She'd nothing to leave

So sang Marie mit ihrer wundervoll zarten Sopranstimme, nachdem sie dreißig Jahre zuvor der Bühne den Rücken gekehrt hatte. Dieses Wiegenlied hatte Großmutter sich für ihre Beerdigung ausgesucht. Sie hatte sich gewünscht, dass Marie, ihre letzte noch lebende Jugendfreundin, dieses Lied für sie singt.

Die Zeremonie war bis ins Detail geplant; Fosca nimmt es – nahm es – mit solchen Inszenierungen recht genau.

Ich vermag immer noch nicht in der Vergangenheit von ihr zu sprechen. Das wird schon noch kommen, ich habe meine Lektion über die Zeit gut gelernt, eine Lektion, die so alt ist wie die Welt: Die Zeit ist grausam – und gütig.

»Nur die ersten Tränen sind bitter, die anderen mildern bloß den Schmerz«, sagte sie.

Seit Fosca von mir gegangen ist, habe ich nur noch geschlafen. Vor allem in den letzten Tagen. Ich bin gerade noch rechtzeitig aufgestanden, um ihr Lebwohl zu sagen, zusammen mit den anderen. Ich hatte gar nicht gemerkt, wie erschöpft ich war.

In meiner Tasche hielt ich ihren zusammengeknüllten Brief.

Mein ganzes Leben lang habe ich geliebt, getrunken, geraucht, gelacht, geschlafen, gelesen. Und zwar so ausgiebig, dass man mir vorwarf, ich hätte des Guten zu viel getan.

Ich zaudere noch – aus Schüchternheit, aus unangebrachter Eitelkeit? – dir einzugestehen, dass dieses Ende, an das ich immer noch nicht zu glauben vermag, gar nicht so furchtbar bitter ist, weil ich voller Zufriedenheit auf ein sehr bewegtes Leben zurückblicken kann. Daran habe ich eine diebische Freude, als hätte ich dem Teufel eine Nase gedreht; nicht Gott will uns verbieten zu sündigen, sondern der Teufel möchte, dass wir das glauben, denn er will uns von uns selbst entfernen, uns vom Leben fernhalten. Leben, das hieß für mich immer, ihm seinen rachitischen Hintern zu versohlen …

Letztlich erscheint mir diese vorgebliche Verschwendung von Jugend als die einzig annehmbare Art zu leben. Das ist der Vorteil, wenn man die Liebe und die köstliche Fata Morgana, die sie uns vorspiegelt, erst im vorgerückten Alter erlebt.

Ich habe mich über sechzig Jahre lang mit Männern herumgeschlagen. Ich habe sie geliebt, geheiratet, verflucht und verlassen. Ich habe sie angebetet und verabscheut, aber ich habe nie auf sie verzichten können.

Ich dachte, mit der Zeit würde ich schon von ihnen loskommen: Dabei hatte ich die Rechnung ohne dieses Herz gemacht, denn es ging immer schon alles nach seinem Kopf. Ich war immer nur dann bis ins Mark erschüttert, habe immer nur dann wirklich meine Seele verloren, wenn ich das Spiel der Liebe gespielt habe. Hingabe ist das Einzige, worauf es ankommt: Wozu sollte man sich vor diesem Liebesdelirium in Acht nehmen, warum sollte man sich überhaupt in Acht nehmen? Aus der körperlichen Liebe wurde oft eine geistige – manchmal ging ich auch den umgekehrten Weg.

Die Liebe – denn es geht hier um Liebe, und nicht um das Aneinanderreiben zweier Körper – war meine Art, die Welt zu verstehen. In der Liebe treffen das Geheimnis und das Heilige aufeinander.

Aber nach all der Wärme der Männer, die mich so schützend umhüllt hat, erscheint mir die große Kälte, die mich erwartet, nur umso abscheulicher. Kein Arm ist stark genug, um mich in der Nacht, die da kommt, vor ihr bewahren zu können.

Noch ein Wiegenlied – diesmal ein japanisches; zu einer seltsamen Klangfolge, die einem Saiteninstrument entlockt wurde und sich anhörte wie das Rascheln verdörrter Maisblätter in der Sonne, erhob sich eine brüchige, atemlose Stimme. Ich kannte die Frau, die da sang und sich auf der Koto begleitete: Es war Junko, die zweite Frau von Foscas zweitem Ehemann.

Junko sah aus wie eine alte Puppe mit dem Gesicht eines Apfels, den man zu lange im Ofen gelassen hat. Sie trug ein langes, staubschwarzes, aschegraues Kleid, eine Farbe, die sie zu verkörpern schien.

Eyo eyo edirioya eyo eyo a datako seraé.

Das Wiegenlied war monoton; ihre Stimme erstarb, dann begann sie von neuem und endete mit einem Schluchzer. Die Maiskörner rieselten noch ein bisschen weiter, flochten echohafte Rosenkränze, dann verstummten auch sie.

In dem Raum nebenan wurde Gelächter laut. Arbeiter reinigten mit einem Schlauch den angrenzenden Saal, ohne daran zu denken, was sich gerade unmittelbar hinter den Wänden abspielte. Ich hätte mich jetzt unwohl fühlen können, aber letztlich musste ich insgeheim lächeln.

Das Leben ging weiter. Man konnte ja nicht gerade behaupten, Fosca sei zu früh von uns gegangen, das nun doch nicht, oder man habe nicht damit rechnen können. Sie war ziemlich alt. Siebenundachtzig Jahre, das ist fast ein Jahrhundert.

Letztens passierte mir etwas … In der Konditorei, die ich betreten hatte, weil ein Stück Erdbeerkuchen mich unwiderstehlich angezogen hatte, machte der Konditor mir ein Kompliment über mein Lächeln. Mit einem Schlag waren meine Rückenschmerzen und meine tausend Wehwehchen vergessen. Ich richtete mich auf wie eine beißwütige Schlange. Der junge Mann setzte noch hinzu: »Wissen Sie, wenn ich das sage, dann ist das keine Anmache, Sie könnten ja meine Großmutter sein …«

Ach, Constance … Männer sind grausam, wenn sie zärtlich sind.

Sie waren meine große Schwäche. Meine einzige, denn sonst habe ich nicht viel gesündigt. Mein Gewissen wirft mir nur ein paar Feigheiten und Nachlässigkeiten vor, aber kaum sündhafte Vergnügungen.

Und das war's dann auch schon, ehrwürdige alte Damen gibt es wirklich.

Die samtene Stimme von Marylin Monroe sang »Bye bye baby.«

Du weißt ja schon, dass ich dir das Haus, das Auto und mein ganzes Hab und Gut hinterlassen habe. Mein Notar wird sich darum kümmern, sobald ich unter der Erde bin. Ich lasse dir auch im Kühlschrank die Wachteln mit Gänseleber, ein paar gebratene Kapaune und ganze Mahlzeiten, die ich mir für dich ausgedacht habe. Für jedes dieser Abendessen findest du in der Küche einen Zettel mit Weinvorschlägen, auf dem auch draufsteht, wo genau sie im Keller lagern.

Wahrscheinlich wirst du auch ein Auge auf meine Habseligkeiten werfen, und sei es auch nur, um sie zu ordnen – und sie dann loszuwerden. Du wirst einen wüsten Haufen von Dingen finden, die nur für mich eine Bedeutung haben. Vielleicht wirst du auf einen Ring stoßen, der aus einem Bierdosenverschluss gemacht ist, er war eine Stunde lang mein Verlobungsring, und auf die Herzensgeheimnisse einer Lolita …

Ich habe dir viel erzählt, aber nicht alles. Du hast viele Dinge verstanden, aber nicht alle.

Als Marilyns Stimme verstummte, wollte ich Foscas Reisedecke und ihren Spazierstock mit dem Silberknauf auf den

Sarg legen. Damit sie nicht frieren musste und dort, wo sie hinging, laufen konnte, ohne zu ermüden.

Hinten in der Halle tat sich eine Tür weit auf, die schlichte Kiste aus hellem Holz glitt langsam in ihren schwarzen Schlund. Eine weiße Blume fiel herunter.

Ich sah niemanden an, als ich aus dem Friedhof kam. Es hatte angefangen zu regnen. Ich hätte mir so gewünscht, dass mich jemand draußen mit einem großen Regenschirm erwartet, mich in die Arme nimmt und ganz, ganz fest drückt.

Heiner Emde

Spionage und Abwehr in der Bundesrepublik Deutschland

Von 1979 bis heute

Research und Dokumentation Paul Limbach

BASTEI
LÜBBE

BASTEI–LÜBBE TASCHENBUCH
Band 65 071

Abbildungen: QUICK-Foto
Originalausgabe

Printed in Western Germany
Einbandgestaltung: Roberto Patelli
Satz: ICS Communikations-Service GmbH, Bergisch Gladbach
Herstellung: Ebner Ulm
ISBN 3-404-65071-9